볼리비아 우표

볼리비아 우표

초판 1쇄 발행 2018년 12월 28일

지은이 강이라
펴낸이 강수걸
편집장 권경옥
편집 강나래 윤은미 이은주
디자인 권문경 조은비
펴낸곳 산지니
등록 2005년 2월 7일 제333-3370002510020050000001호
주소 부산시 해운대구 수영강변대로 140 BCC 613호
전화 051-504-7070 | 팩스 051-507-7543
홈페이지 www.sanzinibook.com
전자우편 sanzini@sanzinibook.com
블로그 http://sanzinibook.tistory.com

ISBN 978-89-6545-573-8 03810

* 책값은 뒤표지에 있습니다.
* 이 도서의 국립중앙도서관 출판예정도서목록(CIP)은 서지정보유통지원시스템
홈페이지(http://seoji.nl.go.kr)와 국가자료공동목록시스템(http://www.nl.go.kr/
kolisnet)에서 이용하실 수 있습니다.(CIP제어번호: CIP2018040244)
* 본 도서는 2018년 울산문화재단의 지원을 받아 발행되었습니다.

강이라 소설집

볼리비아 우표

산지니

차례

쥐   7

명상의 시간   37

ch 41   73

볼리비아 우표   101

스위치   131

어둠에 묻힌 밤   161

편서풍   191

오키나와 데이트   223

작가의 말   254

쥐

벌써 몇 분째였다. 수진은 욕실 앞에 엎어져 있었다. 무릎을 꿇고 두 손으로 뒤통수를 감싸고 머리는 바닥에 처박은 채였다. 꺽꺽, 마른 울음이 목구멍을 할퀴며 넘어왔다. 바짝바짝 침이 말랐다. 풀썩 꺾인 무릎으로 타박의 고통이 밀물처럼 몰려들었다. 욕실용 슬리퍼가 발가락 끝에 아슬아슬하게 매달려 있었다. 전 세입자가 버리고 간 아이보리색 슬리퍼의 지압용 돌기마다 거무스름한 물때가 잔뜩 끼어 있었다. 나머지 한 짝은 보이지 않았다. 목이 잔뜩 늘어난 양말이 발바닥까지 밀려 내려가 있었다. 허옇게 튼 뒤꿈치가 앙상하게 도드라졌다. 발목이 시렸다. 냉기가 온몸으로 번져 올랐다.

 그것은 쥐였다. 사과 씨처럼 작고 까만 눈을 가진 잿빛 털의 새끼 쥐였다. 그렇다고 큰 귀가 사랑스러운 미키, 미니 마우스는 아니었다. 어수룩한 톰을 괴롭히는 앙큼한 제리도 아니었다. 해묵은 기름기가 켜켜이 앉은 중화반점 환기통을 요리조리 쑤시고 다니며 살모넬라균을 옮기고 몸통을 채 보기도 전에 긴 꼬리의 흔적만 남기고 날쌔게 내빼버리는, 이름 그대로 시궁쥐였다. 어릴 적 수챗구멍 바깥으로 삐죽이 나온 꼬리를 고무줄인 줄 알고 잡아당기다 까무러치게 놀란 뒤로 수진은 쥐 소리만 들어도 기겁을 했다. 그 쥐가 저기, 욕실에 있었다. 욕조 가득한 물 위로 노랑 바가지를 타고 표류하고 있었다. 바가지는 조금이라도 움직이면 뒤집힐지도 몰랐다. 어쩌다 그렇게 됐는지 도무지 알 수 없었다.

수진은 바닥을 밀어내며 상체를 일으켰다. 쏟아져 내린 머리카락 사이로 실핀 하나가 덜렁거렸다. 나이 들어 보이는 긴 얼굴이 싫어 늘 내리는 앞머리지만 집에서는 그러모아 바투 핀을 꽂았다. 뻗친 앞머리를 손으로 잡아 내리며 코끝에 기우뚱하게 매달린 안경을 추켜올렸다. 이내 눈앞이 우윳빛으로 부예졌다. 엎어지며 손등 위로 얼굴을 뭉갠 탓이었다. 얼룩진 렌즈 너머로 오후의 잔 볕이 먼지처럼 부유했다.
　쾅쾅쾅.
　—401호!
　쾅쾅.

—401호!

카랑카랑한 목소리가 웃풍을 따라 문틈을 비집고 들어왔다. 고기압의 북풍처럼 냉랭한 소리였다. 아줌마가 401호, 401호, 하고 부를 때마다 수진은 마치 자신의 방 번호가 죄수 번호라도 되는 것처럼 움찔거렸다.

—401호 거기 있어? 거기 있지? 열어, 문.

녹슨 철문이 덜컹거렸다. 마구잡이로 문을 흔들어대고 있었다. 문짝을 통째로 뜯어낼 기세였다. 썩은 이처럼 옥탑방이 사방으로 흔들렸다. 올 여름까지만 해도 수진은 같은 건물의 2층 원룸에 살았다. 리모델링을 한 지 얼마 되지 않은 방은 깨끗하고 넓었다. 볕도 잘 들고 웃풍도 없었다. 하지만 일을 쉬게 되면서 비싼 월세를 도저히 감당할 수 없었다. 결국 월세가 십오만 원이 더 싼 지금의 옥탑방으로 옮길 수밖에 없었다. 팔 개월 전의 일이었다.

주인아줌마는 1층에서 건강원을 운영했다. 매일같이 배와 양파를 달이는 들큼한 냄새와 흑염소의 누린내가 뒤섞여 바람을 타고 옥상까지 올라왔다. 그때마다 수진은 건물 전체가 덜 말린 한 마리 생선처럼 느껴졌다. 비가 오는 날이면 수진은 늘 자신의 몸에 코를 대고 쿵쿵거리며 냄새를 맡곤 했다.

—쥐, 쥐가요…….

—뭐라고? 쥐?

—욕실에, 아니 욕조에, 그러니까 바가지에…….

—뭐래니? 도대체 쥐가 뭐? 답답해 죽겠네. 열어, 당장!

수진은 일어서려다 그대로 주저앉고 말았다. 오른발 뒤꿈치부터 찌르르 다리가 저려왔다. 왼발을 목발처럼 딛고 오른발을 질질 끌며 몇 발짝 떼자마자 다시 문이 덜컹거렸다. 바닥을 긁어대는 쇳소리와 함께 문이 삐거덕거렸다. 아귀가 맞지 않아 뒤틀린 문짝은 서너 번을 더 흔들리고 나서야 훨쩍 열렸다.

—왜 이러니, 문? 별게 다 신경을 건드리네.

아줌마의 신경질적인 발길질에 문짝이 뭇매를 맞았다.

—작년엔 안 이랬다. 고쳐놓고 나가.

확인 사살하듯 아줌마는 정확한 손가락질로 문 아래쪽을 가리켰다. 그리고는 팔짱을 끼며 다분히 못마땅한 눈빛으로 수진을 바라봤다.

—그게요…… 쥐가, 이상하게도…….

—어딨어, 쥐?

수진이 대답도 하기 전에 아줌마는 신발을 신은 그대로 방으로 들어섰다. 철문만이 실내와 실외의 경계를 지을 뿐 현관과 방의 경계는 애매했다. 대학 졸업 선물로 엄마가 사준 낡은 정장 구두 한 켤레와 삼선슬리퍼, 뒤축이 반쯤은 무너져 내린 운동화 두 짝이 놓인 자리가 그대로 현관이었다. 방을 옮긴 첫 날, 신발을 밖에 벗어뒀다가 비에 젖어 낭패를 보았다. 그 뒤로는 문 안쪽에 욕실용 발판을 깔아 현관 대신으로 사용하였다. 아줌마는 성큼성큼 욕실 쪽으로 걸음을 옮겼다. 두세 걸음이 전부지만 딛는 자리마다 신발 도장이 꾹꾹 찍혔다. 며칠 전 내린 눈이 신발 밑창에 묽은 종이풀처럼 엉겨 붙었다.

  —꼴랑 300뿐인 보증금에. 고것마저 방세로 알뜰히 까먹고 있는데. 쥐까지 잡아 달라 하고. 아이고야. 염치없다. 그치?

  방안을 휘 둘러보던 아줌마가 억지 동의를 구하듯 수진을 말끄러미 쳐다봤다. 수진은 땡감을 씹어 삼킨 듯 입이 떫었다.

  —어라. 안 열리잖아. 잠긴 거야?

  아줌마가 이번엔 욕실 손잡이를 흔들어댔다. 누렇고 동그란 욕실 손잡이를 아무리 좌우로 돌리고 앞뒤로 당기고 밀어도 욕실 문은 꿈쩍도 하지 않았다. 방 안이 텅텅 울렸다. 수진이 돌려봐도 마찬가지였다. 잠근 기억은 없었다. 놀라 뛰쳐나오며 그만 잠금 버튼을 누른 모양이었다.

  —왜 이러니 정말? 401호야. 401호야.

  아줌마는 분을 꾹꾹 눌러 담아 독기 가득한 얼굴로 수진을 향해 분연히 돌아섰다. 앙다문 입술 끝으로 억지웃음이 진물처럼 흘렀다.

─좋아 좋아. 괜찮아. 잡으면 돼. 그 전에 방을 빼든가 방세를 내든가. 오케이?

그럼 씻는 거는요, 라고 묻고 싶었지만 수진은 꿀꺽 말을 삼켰다.

─그럼, 쥐는요? 오도 가도 못하고 물 한가운데 둥둥…….

아줌마 얼굴이 수진의 코앞까지 쑥 들어왔다. 수진은 엉거주춤 엉덩이를 뒤로 빼고 고개를 치켜들었다. 빛이 스미지 못한 천장 구석으로 실핏줄처럼 뻗어나간 거미줄이 보였다.

─지금 쥐새끼 걱정할 때가 아니지.

아줌마는 문턱에 신발 뒤축을 툭툭 쳐댔다. 이제야 털다니. 오고 간 발자국이 수진의 눈앞에서 어지럽게 돋았다. 아줌마가 가자미눈으로 정장 차림의 수진을 위아래로 훑었다.

─401호. 오늘 면접 봤어?

시선은 삐딱했고 말투는 못마땅했다.

─세밑에도 면접 보는 데가 있다니? 그런 회산 안 봐도 비디오야. 맨날 면접만 보면 뭐 한다니. 공부도 잘했다며? 어쨌든, 401호야. 취업이든 월세든 성의를 보이자. 응?

혀를 끌끌, 두 손은 탈탈. 아줌마의 제스처는 퍼포먼스에 가까웠다. 고개까지 절레절레 흔들며 좁은 옥상을 한 바퀴 돌고 나서야 아줌마는 계단참으로 사라졌다. 수진은 발등에 발바닥을 포갰다. 냉기 위로 미지근한 온기가 포개졌다. 스커트 아래로 살구색 스타킹이 느슨했다. 본연의 탄성을 잃은 지 오래였다. 왼쪽 뒤꿈치는 스타킹에 작은 구멍까지 만들었다. 다행히 구멍은 아직 구두 안에 숨어 있었다. 코가 더 나가지 않도록 딱풀을 발라주면 그럭저럭 두세 번은 더 신을 수 있다. 남색 재킷의 소매는 이미 날깃날깃했다. 두 번이나 시접을 올려 수선을 한 탓에 소매 단은 더 이상의 여유가 없었다. 재킷의 팔꿈치는 혹처럼 튀어나왔고 스커트의 골반 부위는 반질거렸다. 졸업을 앞두고 처음으로 지원한 대기업 인턴십에 합격했을 때 엄마가 사준 정장이었다. 엄마는 비상금을 털어 수진에게 정장 세 벌을 사 입혔다. 인턴은 정규직 전환이 가능한 계약직일 뿐이라고 수진이 알기 쉽게 말해줬지만 엄마는 무심히 흘려들었다. 수진 또한 사회생활을 갓 시작한 새내기로서 그 어느 때보다 자신감에 차 있었기 때문에 지레 엄마의 기대를 꺾고 싶지 않았다. 수진은 천천히 옷을 벗었다. 낡은 정장이 허물이 되어 바닥으로 떨어졌다. 수진은 재킷과 스커트를 옷걸이에 반듯하게 걸고는 페브리즈를 꼼꼼히 뿌렸다.

옥탑방은 특이한 구조로 방보다 욕실이 더 컸다. 욕실부터 만들고 남는 자리에 방을 욱여넣은 모양새였다. 욕실에는 세탁기도 들어가고 선반형 거울이 달린 세면대도 들어가고 옥탑방에 전혀 어울리지 않는 욕조까지 너끈히 들어갔다. 바랜 핑크빛의 욕조는 쓸데없이 깊고 넓었다. 수진이 두 발 뻗고 누워도 충분할 정도의 사이즈였다. 계절이 바뀔 때 이불 빨래용으로 한 번 썼을 뿐 욕조 안에는 세제와 변기 솔 그리고 롤 화장지같이 치우기 애매한 자질구레한 것들로 가득했다.

이틀 전이었다. 옥상 출입이 거의 없던 주인아저씨가 오후 늦게 올라와서는 얼른 수도밸브를 열라고 닦달했다. 올겨울 들어 가장 큰 추위가 온다는 뉴스를 봤으니 수도관이 얼어붙기 전에 물부터 쫄쫄 흘리라는 것이었다. 윗집 처자에 대한 걱정과 배려라기보단 동파 사고의 번거로운 수고를 미리 방지하기 위함이었다. 옥상이 얼면 1층까지 골치 아파진단 말도 빼먹지 않았다.

그냥 흘려버리기는 아까워 욕조를 비우고 물을 틀었다. 동파보다 물세가 더 걱정이었다. 반나절이 지나 욕조 가득 물이 차오르자마자 수진은 얼른 밸브를 잠가버렸다. 수도가 언다 한들 욕조 물로 버티다 보면 저절로 녹을 것이었다.

몇 번째인지 셀 수도 없는 면접을 끝내고 돌아온 참이었다. 눈 안 가득 가는 핏발이 섰다. 거의 잡아 뜯듯이 렌즈를 빼내자 시큰거리는 통증이 밀려왔다. 소매를 대충 걷어 올리고 욕실로 들어섰다. 욕실에는 이미 겨울 최고의 한파가 와 있었다. 날숨을 따라 허연 콧김이 나왔다. 따가운 눈을 번갈아 감았다 뜨며 거울 앞에서 머리를 묶는데 등 뒤로 시선이 느껴졌다. 미간을 잔뜩 좁히며 거울 가까이 얼굴을 가져갔다. 대충 뭉쳐 던진 양말 같기도 하고 갈색 때수건 같기도 했다. 수진은 선반장을 더듬어 안경을 찾았다. 안경을 추켜올리며 고개를 돌렸다. 대뇌가 상황을 인지하는 데 필요한 몇 초가 흐른 뒤 수진은 비명을 지르며 뛰쳐나왔다.

쥐, 쥐가 거기에 있었다. 밀실과도 같은 욕조 한가운데에 몸집이 아주 작고 재색의 긴 꼬리를 가진 쥐가 바가지를 뗏목처럼 타고 있었다.

착신음이 떨어지고 한참이 지났다. 끊으려는데 딸깍 수신음이 들렸다.

─늦게 받네? ……내 번호 안 떠?

─그냥…… 보고 있었어.

저편에서 길고 진한 한숨이 무선을 타고 넘어왔다.

─……왜?

─언제부턴가 네 번호만 뜨면 심장이 두근거려. 빚쟁이도 아닌데 왜 이런다니.

─더하겠지…… 빚쟁이보다…….

수진은 엄지손톱으로 나머지 네 손톱 밑을 꼭꼭 찔렀다. 긴장하거나 곤란할 때 나오는 버릇이었다.

—잘 있다가도 막 눈물이 쏟아져. 아빠는 나보고 갱년기라더라.

—갱년기는 무슨, 아빠는?

—몰라. 어떻게 돌아가는지 이제 난 묻지도 않는다. 이번에도 말아먹으면 그냥 오지 산골에 들어가 칡뿌리나 캐 먹고 살든가…….

엄마의 말끝으로 가느다란 흐느낌이 섞여 들었다. 작년에 폐경을 겪고 난 후로 부쩍 몸과 마음이 약해지고 신경이 예민해져 있었다.

—우리 첫째가, 우리 집 기둥이…… 왜 이리 안 풀리는지 모르겠어, 엄마는……. 인턴인지 뭔지 한다고 1년 동안 밤낮없이 뛰어다녔는데도. 안 쓸 거면 뽑지나 말든가.

—요새 계약직이 다 글치 뭐…….

—거긴 그렇다 쳐도. 지난번은? 금융 인턴이라고 뽑아놓고는. 열심히 하면 된다고 했잖아. 근데, 근데 결국 어떻게 됐어? 보험만 열 몇 개 빼 갔잖아. 점수에 반영한다고 해서 우리 식구 앞으로 든 것만 해도 몇 갠데. 그것뿐이야? 이모네며 작은집이며, 한 다리 건너 친구까지. 차마 또 잘렸다고 말을 못해.

숨길 수 없는 한숨과 탄식과 흐느낌이 뒤섞여 들렸다.

—또 운다. 우리 엄마…….

—자랑스러운 우리 딸이었는데……. 공부도 잘해서 다 잘
될 줄 알았는데…….

수진은 매운 코끝을 손가락으로 지그시 눌렀다. 맑은 콧물
이 흘렀다. 부러 목소리를 높였다.

—올해도 내일이 마지막이네. 연말인데 집에도 못 가고. 죄
송해요.

—그래…… 와봐야, 온들…….

엄마의 말끝이 흐려졌다. 수진은 인사를 하는 둥 마는 둥
전화를 끊었다. 진짜 빚쟁이가 된 듯 당장 어딘가로 숨어들
고 싶었다. 수챗구멍이라도 좋으니 좁은 틈으로 비집고 들어
가 꼬리까지 말아 넣고는 그저 반나절만 숨어 있고 싶었다.
아무도 찾지 못하게. 수진은 폰을 내려다보았다. 정작 하고
싶은 말은 하지 못했다. 밀린 월세며, 낡다 못해 닳아버린 정
장이며, 뒤축이 꺾여버린 구두에 대해서도 아무 말도 못했다.
쥐는 어떻게 잡는지에 대해서도……. 목구멍까지 그득그득
차오른 말들이 명치로 쏠려 내려가 그대로 체기가 되었다.
수진은 먹먹한 가슴을 쓸어 내렸다.

골목의 새벽은 소리로부터 온다. 멈칫거리며 골목을 훑는
쓰레기 수거차의 후진 멜로디 위로 배달용 오토바이의 달음

박질 소리가 화음처럼 겹쳐든다. 소리는 밤을 거둬 간다. 날이 밝아오면 가로등은 홀로 멸할 것이다. 수진은 유리문 너머 골목 끝을 내다보았다. 새벽의 첫 배달 트럭이 올 시간이었다. 마감 30분 전인 수진에게는 마지막 입고였다. 아직 온기가 남아 있는 삼각김밥과 햄버거, 뽀송뽀송한 식빵의 결이 부드러운 샌드위치, 고슬고슬한 밥과 색색의 반찬이 신선한 도시락까지. 단 하루의 유통기한을 가진 먹거리들이 실려 올 것이다. 수진은 유통기한이 지난, 그래서 이제 곧 버려질 삼각김밥을 한 입 베어 물었다. 차가운 밥알이 씹기도 전에 입안에서 흩어졌다. 전자레인지에 살짝 돌렸으면 좋았을걸. 입꼬리로 묻어나는 참치 마요 소스를 손등으로 닦아내며 수진은 입고 전표를 들여다보았다. 날짜가 지난 빵, 김밥, 샌드위치는 아르바이트생의 몫이다. 먹어도 좋고 가져가도 좋다. 점장의 아량이라기보다는 편의점의 암묵적 관습에 가까웠다. 유통기한이 지나버린 것들을 꾸역꾸역 먹고 있으면 자신조차도 제 기한을 놓친 샌드위치처럼 느껴졌다. 겉은 멀쩡하고 맛도 그대로지만 더 이상의 상품 가치는 없는 폐기 직전의 샌드위치.

정말 뭐든 하나요? 그럼요. 뒷조사는 빼고요. 흥신소는 아니니까요. 가격은 어떻게 하는데요? 일에 따라 달라요. 뭔데요? 그게…… 쥐가 있어요. 밤 12시가 넘은 시간에도 '해주세요 심부름센터'는 열려 있었다. 20분에 2만 원이요. 추가비용 있습니다. 너무 비싸……. 펩시를 채워 넣던 손에서 폰이 미끄러졌다. 앞치마 위로 떨어진 폰을 간신히 무릎으로 받아내 다시 귀에 갖다 대자 멀어지는 소리가 들렸다. 그럼 직접 잡으시든가.

쥐를 잡을 수 있는 여러 가지 방법을 생각해본다. 연극 「쥐덫」이 떠올랐다. 크리스티가 영국 여왕의 생일 축하 선물로 쓴, 눈으로 고립된 산장에서 일어나는 살인 사건을 다룬 희곡으로 그와 처음으로 봤던 연극이었다. 그날, 혜화동에도 연극 속 배경처럼 눈이 많이 내렸다. 둘은 손을 잡고 눈길을 걸어 가까운 서점으로 가 동명의 소설을 골랐다. 서로에게 해문출판사와 황금가지의 『쥐덫』을 선물했다. 벌써 몇 년 전의 일이었다. 수진은 책꽂이 구석에 꽂혀 있는 붉은 글씨의 『쥐덫』을 떠올리다가 머리통을 흔들며 도구로서의 쥐덫으로 생각을 돌렸다.

쥐덫은 쥐를 잡는 가장 보편적인 방법이다. 욕실 문 앞에 쥐덫을 놓은 뒤 문을 열고 쥐가 걸려들기를 기다린다. 하지만 이미 쥐는 쥐덫에 걸려 있지 않은가. 노랑 바가지 안에서 무게 중심의 추를 잡고 간신히 버티고 있을 쥐에게 얼른 뛰어나와 새 쥐덫에 발 한쪽을 들이밀라고 할 수는 없다.

쥐 끈끈이는 소용이 있을지도 모른다. 긴 소매 옷과 분홍색 고무장갑으로 중무장을 한 후 철물점에서 구한 끈끈이를 양손 엄지와 검지로 살짝 집어 든다. 그리곤 조심스럽게 욕조로 다가가 바가지 위로 끈끈이를 덮은 뒤 가운데를 꾹 누른다. 그러면 쥐의 머리나 등, 못해도 꼬리는 달라붙을 것이다. 빈 바가지로 쥐의 생포를 확인한다. 그다음엔…… 그다음엔, 어쩌지.

사촌오빠는 쥐를 보고도 수진처럼 놀라지 않았다. 수챗구멍 밖으로 나온 쥐꼬리를 한참이나 흥미롭게 지켜본 뒤 수진을 향해 검지와 중지를 펼쳐 들더니 두 손가락으로 싹둑싹둑 흉내를 냈다. 영문도 모른 채 수진은 냉큼 달려가서 반짇고리에서 가위를 꺼내 왔다. 무겁고 투박한 옛날 가위였다. 사촌오빠는 양손으로 가위를 브이 자로 벌린 채 수진을 향해 씩 웃더니 그것을 단번에 싹둑 잘랐다. 동시에 수진은 새된 비명을 질렀다. 마치 제 꼬리가 잘려나간 듯 꼬리뼈가 화끈거렸다. 수진은 뒷걸음질 쳐 벽 모서리에 몸을 바짝 붙였다. 눈자위가 뜨거워졌다. 사촌오빠는 한 손을 치켜들었다. 전리품인 양 오빠의 손끝에서 쥐꼬리가 덜렁거렸다. 수진은 눈을 질끈 감았다. 움켜쥔 손 안에서 손톱이 살을 파고들었다. 그날 밤 수진은 악몽을 꾸었다. 짙은 재색 비늘로 덮인 그것이 점점 길어지고 두꺼워지더니 마치 뱀같이 바닥을 기기 시작한다. S자로 유영하듯 수진의 발치로 느릿느릿 다가오던 그것은 어느 순간 어린 수진의 발목을 휘감는다. 털어내려 발버둥 칠수록 그것은 발목을 더더욱 깊이 옥죄어온다. 물먹은 채찍처럼…….

우리 회사에 적합한 인재가 아닙니다. 다음 기회에 일할 수 있기를 바랍니다, 이미 인원 보충이 끝났습니다, 다음 공고를 기다려주세요, 와 같은 거절의 멘트가 문자와 전화로 며칠에 한 번씩 날아들었다. 미안하다, 아쉽다, 아깝다 등등의 다양한 멘트로 둘러댔지만 결론은 불합격이고 탈락이었다. 아예 연락이 없는 회사도 많았다. 연락을 주겠다는 시한을 훌쩍 넘겼다는 게 무슨 의미인지 알면서도 수진은 매번 몇 번을 망설이다 확인 전화를 했다. 기어들어 가는 목소리로 아직 연락이 없어서요, 라고 말하면 담당자에 따라 반응은 달랐다. 너무나도 미안한 목소리로 어쩌죠, 라고 말하며 되레 수진을 더 미안하게 만드는 사람이 있는 반면에, 연락 없으면 대충 눈치 채셔야죠, 라며 대놓고 퉁을 주는 사람도 있었다. 이러나저러나 무안하기는 마찬가지였다. 수진은 액정의 문자를 지우듯 문질렀다. 문자가 사라진 액정 위로 초췌한 얼굴이 비쳤다.

—또.

곱슬머리가 카운터를 툭툭 치며 수진을 향해 돌아섰다. 아침 파트인 곱슬머리는 두 달 뒤 입대를 앞둔 휴학생이었다. 밤 파트인 수진과는 석 달째 아침 8시마다 교대를 하면서 제법 친해졌다. 훈련소 들어갈 때까지 실컷 기르겠다던 반곱슬머리가 귀밑을 한참 넘어가 있었다. 쌀뜨물같이 멀건 얼굴에 외까풀의 눈과 작은 코가 쉽게 흐려지는 인상이었다. 돈 모아서 노르웨이로 떠날 거예요. 거기서 선박 기술을 배울 거고요. 내 배를 만드는 게 꿈이거든요. 인상과는 달리 말은 야무졌다. 곱슬머리는 다짐을 되새기며 고개까지 주억거렸다. 수진은 작은 범선 한 척을 상상했다. 하얀 돛을 단 범선이 느리게 피오르로 향한다. 타이가를 빠져나온 북해의 바람이 돛을 가볍게 부풀린다. 피오르 깊숙이 미끄러지는 범선의 이물에 앉아 수진은 숲과 바다의 소실점을 바라본다. 노르웨이니까, 하루키를 읽고 비틀즈를 들어도 좋겠단 생각을 했다. 나중에 놀러와요. 게스트 하우스도 할 거니까. 꿈과 이상의 갭이 좁은 곱슬머리가 조금은 부러웠다.

—삑. 에러입니다.

곱슬머리가 바코드를 찍듯 수진의 이마에 스캐너를 갖다 댔다.

수진은 몸을 부르르 털며 도리질을 했다. 잡념들이 후드득 떨어져 나갔다.

—미안 미안. 왜, 왜?

—또 모자라다고요.

—아, 얼마나?

곱슬머리는 손가락 하나, 두 개를 차례로 펴 보였다.

—밤새 고생하고 돈은 빵꾸 나고. 슬프다.

—자꾸 왜 그러지…….

—그러지 말고 낮으로 옮겨요. 지쳐요, 밤은.

수진은 앞치마 밑으로 손을 넣어 바지 주머니를 뒤졌다. 꾸깃꾸깃한 종이 몇 장이 잡혔다. 구겨진 영수증 속에 천 원짜리 두 장이 섞여 있었다. 곱슬머리가 구겨진 천 원짜리 두 장을 집어 가더니 수진의 손바닥 위로 동전 네 개를 톡 떨어뜨렸다. 정산이 맞지 않아 적게는 몇백 원, 많게는 오천 원에 가까운 돈을 메꿔 넣은 적이 몇 번 있었다. 받은 현금을 숫자로 잘못 입력하면서 생기는 실수였다. 아는지 모르는지 거스름돈이 많다며 돌려주는 손님은 거의 없었다.

수진은 앞치마를 벗어 곱슬머리에게 넘기고는 카운터 아래의 에코백을 꺼내 들었다. 화장품을 사고 받은 초록색 잎사귀가 그려진 천 가방이었다. 얄팍한 지갑을 열고 동전을 넣었다. 지갑에는 흔한 신용카드 한 장 없었다. 불필요한 지출을 줄이기 위해 일주일 단위로 은행에 가 필요한 만큼 돈을 찾는 게 수진의 오랜 습관이었다. 이틀 전 교통카드에 이만 원을 충전하고 동네 마트에서 선도저하 상품인 감자 한 봉지와 양배추 반 통을 사느라 잔돈을 다 썼다. 은행에 들러 잔고를 확인하고 며칠을 버틸 얼마의 생활비를 찾아야 했다.

온수기에 물을 채우는 곱슬머리에게 눈인사를 하고 편의점을 나왔다. 어둑한 아침이었다. 사위는 어두웠지만 날은 포근했다. 오후에 눈 소식이 있었다. 따뜻한 물에 샤워를 하고 긴 잠을 자고 싶었다. 푸석한 감자를 삶아 으깬 다음 마요네즈와 설탕을 조금 넣어 샐러드를 만들어 먹어야지. 에코백을 옮겨 드는 순간 수진은 생각했다. 아, 따뜻한 물…… 욕실…… 그리고 쥐. 수진은 다시금 쥐를 생각하지 않을 수 없었다. 노르웨이에도 쥐가 있을까. 묻고 싶었지만 곱슬머리는 이미 냉장실 뒤편에 들어가 있었다.

가득한 눈구름을 비집고 미지근한 아침볕이 인도 위로 늘어졌다. 볕자리의 눈은 군데군데 녹아 내렸지만 대부분의 길은 한파에 얇은 빙판을 만들고 있었다. 더듬듯 걸어가 세 번째 정류장 앞에서 일일 정보지를 꺼내 돌아서는데 몸이 휘청거렸다. 허우적거리다 간신히 허공을 붙잡아 제대로 서고 나니 식은땀이 흘렀다.

정류장으로 버스 서너 대가 줄지어 들어왔다. 사람들이 쏟아져 내렸다. 사람들은 빠르게 걷거나 달려서 빌딩 속으로 속속 사라졌다. 간혹 대열에서 빠져나와 푸드 트럭으로 달려가는 이들도 있지만 채 몇 분도 되지 않아 샌드위치를 입 속에 구겨 넣고 우물거리며 행렬 속으로 돌아왔다. 그리고는 미처 마시지 못한 커피를 성화처럼 들고 사람들 사이를 이리저리 앞질러 나갔다. 횡단보도 건너 왼쪽 건물에 수진이 다니던 회사가 있었다. 6개월 전까지 수진은 매일 아침 이 정류장을 지나 출근을 했다. 보통은 지각을 면하기 위해 허겁지겁 뛰었지만 아주 가끔은 테이크 아웃 커피를 마시는 호사를 부리며 지날 때도 있었다. 인턴으로 1년을 다녔지만 정규직 전환에는 실패했다. 오십 명이 넘는 동기들 중 누구도 정직원이 되지 못했다. 얼마 후 인턴십의 허와 실을 고발하는 시사고발 프로그램 속에서 수진은 낯익은 건물을 보았다. 그리고 나이가 가장 많았던 남자 동기의 자살 소식도 함께 들었다.

수진은 정류장 유리에 비친 자신을 바라보았다. 늘어진 후드 티에 물 빠진 청바지, 지나치게 두툼해서 다소 둔해 보이는 파카 차림의 자신이 오늘따라 더 추레해 보였다. 사람들은 눈길이 전혀 미끄럽지 않은 듯 모두 씩씩하게 걸었다. 밑창이 닳지 않은 신발을 신어서일까. 힐을 신은 젊은 여자가 날렵한 움직임으로 수진의 앞을 지나쳤다. 빙판을 꼭꼭 쪼개며 흔들림 없이 걸어가는 여자의 뒷모습을 수진은 경이롭게 바라봤다. 저 정도의 경지에 이르려면 도대체 하이힐을 몇 년 신어야 할까. 여자에게 힐의 높이는 경력과 자신감의 높이일지도 모른다고 수진은 생각했다.

통장 잔고는 가벼웠고 은행 ATM기는 야속했다. 돈 몇만 원 찾는데 출금 수수료까지 야무지게 뗐다. 사람들에 떠밀려 제일 가까운 타행 ATM 부스로 피신하듯 들어온 탓이었다. 두 블록 옆의 거래 은행으로 갈 걸 그랬다고 후회했지만 이미 늦었다. 수진은 유리문 너머의 분주한 사람들을 바라보며 핸드폰을 꺼냈다. 연락처를 훑었다. 마지막 통화가 언제였더라. 그동안 번호가 바뀌었을지도 모른다.

—야, 이수진.

다행히 번호는 그대로였다. 쥐꼬리를 높이 들고 득의양양하던 사촌오빠의 모습이 떠올랐다. 재작년 가을, 사촌오빠의 결혼식에서 본 게 마지막이었다. 이모를 통해서 작년에 아들을 낳았고 얼마 전에 돌이 지났다는 소식은 들었다. 왜 연락을 안 했냐고 수진이 묻자 사촌오빠는 장인이 큰 수술을 받는 바람에 돌잔치는 생략했다고 말했다. '먹고살기도 빡빡한데 돌잔치는 무슨. 민폐야.'라고 말하며 사촌오빠는 허허거렸다.

—오빠. 지금도 공항에서 일해?

—그럼. 딸린 식구가 둘인데 열심히 벌어야지. 그런데 수진이 넌 해외 출장 안 다녀? 큰 회사는 나갈 일 많잖아.

　사정을 들킨 것도 아닌데 얼굴이 먼저 빨게졌다. 엄마 말대로 친척들은 아직도 수진이 그 회사에 잘 다니는 걸로 알고 있는 모양이었다. 수진의 인턴 실적을 올려주기 위한 엄마의 강권에 못 이겨 이모가 오빠 이름으로 들어준 보험도 하나 있었다.

　—나야 뭐……. 오빠는 어때? 공항서 일하면 좋겠다. 매일 비행기도 보고.

　수진은 얼른 말을 돌렸다.

　—좋기는, 개뿔. 나, 비정규직이잖냐. 힘들어.

　—아…….

　사촌오빠가 공항에 취업했다는 말에 당연히 수진은 정직원이라고 생각했었다. 대꾸할 말이 없었다.

　—뭐, 비행기야 매일 보긴 한다만. 보딩 브리지 알지?

　—보딩 브리지? 다리?

　수진은 되물었다.

　—그, 게이트하고 비행기 사이에 놓는 다리 말이야. 탑승교.

　—아, 탑승교.

　—내가 하는 일이 그거거든. 공항 일이란 게 거의 다 비정

규직이라고 보면 돼. 조만간 정규직 전환 걸고 파업 들어간다는데 잘 될지는 모르겠다.

내내 씩씩하던 사촌오빠의 목소리가 반쯤 꺾였다.

―아직 비행기를 타본 적이 없어서 그런가. 내가 놓은 브리지를 건너 어디론가 떠나는 사람들을 보고 있으면 기분이 참 묘해져. 다다를 수 없는 곳으로 가는 무지개 다리 같아서……. 공항엔 궁상이 없잖냐.

수진은 허공을 향해 고개를 끄덕였다.

―매일 수많은 브리지를 놓는데 말이야. 정작, 내 인생 브리지는 참 쉽지가 않네. 수진이 너처럼 진즉에 공부 좀 할 걸 그랬다. 넌 이런 거 잘 모르지?

흐려지는 말끝으로 비행기 이착륙하는 소리가 거칠게 섞여 들었다.

―수진아. 비행기 들어온다. 가봐야겠어. 출장 갈 때 꼭 연락해.

그래 그래, 인사도 제대로 못하고 수진은 서둘러 전화를 끊었다. 제일 중요한 용건은 전하지도 못했다.

'오빠. 계좌로 돈 조금 보낼게. 돌비 대신이야.'

메시지를 보내고 수진은 부스 밖으로 나왔다. 길은 파장한 오일장처럼 한산했다. 오가는 사람들의 걸음은 그새 느려져 있었고 푸드 트럭은 입간판을 실으며 뜰 채비를 하고 있었다. 수진은 두 블록 옆의 거래 은행 ATM 부스 쪽으로 걸음을 옮겼다. 아기 옷 한 벌의 적당한 값을 계산하다가 뒤늦게 놓친 질문 하나가 떠올랐다. 쥐를 잡아야 하는데…….그렇다고 다시 오빠에게 전화를 걸어 물어볼 수도 없는 노릇이었다.

막다른 골목이었다. 고만고만한 높이의 주택 사이로 5층 고시원이 뿔처럼 솟아 있었다. 학원가나 고시촌에서 한참을 비켜나 위치한 덕에 이 근방서 가장 저렴한 방이라고 그가 말했다. 하지만 임용고시 합격자가 나온 방이라고 소문이 나면서 나름 프리미엄까지 붙었다고 했다. 합격자가 고향 선배라 운 좋게 넘겨받았다며 올해는 시험 운이 좋을 거 같다고, 입실하던 첫날 남자친구가 말했다. 하지만 그는 시험에서 떨어졌다. 어쩌면 운이 바닥난 방에 들어온 걸지도 모른다고 수진은 생각했지만 말하진 않았다. 말하는 순간 남아 있던 운마저 벽과 장판의 갈라진 틈으로 사라져버릴까 두려웠다. 잔존하는 운을 그러모아 그가 부디 수학 선생님이 되기를 바랐다. 우울한 청춘의 진혼곡은 이제 그만 들어도 좋았다.

방에선 퀴퀴한 냄새가 났다. 빨랫감은 잔뜩 쌓여 있었고 쓰레기통은 넘치기 직전이었다. 어쩌면 고인 시간의 냄새일지도 몰랐다. 창이 없는 이 방에선 시간과 날씨를 가늠할 수가 없다. 옆방에 방해가 되기 때문에 초침이 있는 시계도 쓸 수가 없다. 2평도 채 못 되는 방은 싱글 침대와 책상만으로도 꽉 찼다. 산소 포화도가 낮은 이 방에서 과연 얼마나 버틸 수 있을까. 수진은 방바닥과 의자에 제멋대로 걸쳐진 옷들을 주워 행거에 걸었다. 가운데가 푹 꺼져버린 베개에서 그의 고단함이 느껴졌다. 쓰레기통을 비우고 빨랫감은 한데 모아 비닐에 넣고 묶었다.

'나 왔다 가. 올해 마지막 날이네. 내년엔 같이 보내면 좋겠다. 우리의 고군분투 청년기에 건배를. 미리 해피 뉴 이어.'

수진은 포스트잇을 스탠드에 붙이고 가방에서 비닐봉지를 꺼냈다. 유통기한이 지난 샌드위치와 삼각김밥이 서너 개 든 봉지를 문 안쪽 손잡이에 걸어두고는 방을 나갔다.

열쇠 구멍에는 억지로 쥐어짠 여드름 같은 상처만 잔뜩 남아 있었다. 수진이 든 드라이버의 끝도 마찬가지였다. 뾰족하고 매끄럽던 끝이 흠투성이로 뭉개져 있었다. 빌려준 주인아줌마에게 또 한소리 들을 게 분명했다. 어떻게든 열어야 했다. 십자드라이버도, 동전도 소용없었다. 아무리 돌리고 쑤셔보아도 구멍 입구만 헤집을 뿐 열릴 기미는 보이지 않았다. 발치로 드라이버를 던져버리고 수진은 앞머리에 꽂은 실핀을 하나 뽑았다. 빈집 털이범이 실핀으로 손쉽게 문을 따는 걸 드라마에서 본 적이 있었다. 수진은 검정 실핀을 브이 자로 넓게 벌렸다. 그리고는 양 끝을 두 손으로 잡고 실핀의 둥근 부분을 구멍 안으로 조심스럽게 들이밀었다. 덜그럭거리며 뭔가 걸려들었다. 수진은 숨을 멈추고 오른쪽으로 핀을 천천히 돌렸다. 핀이 뒤틀리며 돌아가는가 싶더니 이내 맥없이 풀려버렸다. 몇 번을 다시 해봐도 마찬가지였다. 실핀 두 개로 동시에 열쇠 구멍의 아래위를 들쑤셔봐도 잠금쇠는 끄떡하지 않았다. 애꿎은 실핀만 검정 칠이 벗겨진 흉한 모습으로 쓰레기통에 버려졌다. 이제 남은 방법은 정말 하나밖에 없었다. 수진은 책꽂이를 뒤져서 플라스틱 파일을 찾아냈다. 파일에는 작성하다 만 이력서 서너 장이 끼워져 있었다.

반으로 접은 불투명 플라스틱 파일을 손잡이 안쪽으로 구기듯 억지로 밀어 넣었다. 헐거워진 문짝과 문틀 사이로 반달모양의 잠금쇠가 보였다. 요즘 문과 달리 옛날식 문은 조금만 애를 쓰면 쉽게 열렸다. 어릴 적에 종종 문이 잠기면 아빠는 빳빳하고 얇은 플라스틱 책받침을 가져다가 잠금쇠 위쪽으로 쓱 밀어 넣었다. 그리곤 잠금쇠의 끝부분이 숨어 있는 문틀 쪽으로 힘 있게 베어내듯 한번에 내리그었다. 그렇게 서너 번 많게는 대여섯 번 반복하다 보면 항복하듯 문은 스르르 열렸다. 어린 수진은 연신 박수를 쳐대며 아빠를 향해 엄지를 척 치켜세우곤 했다. 수진은 파일을 조심스럽게 내리그었다. 힘이 약했는지 잠금쇠에 이르기도 전에 파일이 미끄러져 나왔다. 다시 파일을 잠금쇠까지 끌어내린 뒤 순간적인 힘으로 내리쳤지만 역시나 쑥 빠져나왔다. 힘보단 요령의 문제라는 건 알았지만 해본 적이 없으니 요령이 뭔지를 몰랐다. 이번엔 처음부터 힘으로, 다음엔 끝까지 약하게, 이렇게 저렇게 해보아도 문은 꿈쩍도 하지 않았다. 수진은 허리에 양손을 걸치고는 대결하듯 문을 바라봤다. 쉬운 게 하나도 없어. 좀 쉽게 쉽게, 그렇게 안 되나. 수진은 자신을 향해 있던 모든 문을 떠올렸다. 애초에 열린 문이 있었던가. 도대체 지금까지 몇 개의 문을 열었고 앞으로 몇 개의 문을 더 열어야 한단 말인가. 수진은 마치 자신의 앞으로 수천수만 개의 욕실 문이 도미노처럼 늘어서 있는 것만 같았다. 순간 화가 솟구쳤다. 에잇, 이까짓 문. 있는 힘껏 문짝을 향해 발을 내질렀다. 퍽.

그 후로 수진은 한동안 꼬리가 잘린 쥐가 궁금했다. 구불구불한 하수구 구멍은 잘 빠져나갔는지, 없어진 꼬리를 찾느라 제자리를 맴돌고 있는 건 아닌지, 그러다 음습한 어느 구석에서 그대로 죽은 건 아닌지. 수진은 제 꼬리가 떨어져나간 듯 쓰라렸다. 평형을 유지하는 꼬리를 잃고 과연 그 쥐는 얼마나 오래 살아남았을까.

쥐는 바가지 너머로 빼꼼히 수진을 내다보았다. 처음 봤을 때보다 더 작아 보였다. 아기 주먹만 한 몸통에 귀와 눈이 붙어 있고 꼬리가 달려 있었다. 쥐는 전의를 상실한 듯 한껏 꼬리를 말아 몸을 웅크렸다. 쥐와 수진, 서로가 두 손 들고 항복을 외치는 꼴이었다. 마음을 다잡듯 큰 숨을 몰아쉬고는 바가지 위로 수건을 살포시 덮었다. 국그릇을 든 듯 수진은 조심스럽게 바가지를 들어올렸다. 오금이 저리고 사타구니가 뻐근했다. 수진은 팔을 쭉 뻗어 바가지를 최대한 몸에서 멀리 떨어뜨린 채 욕실 밖으로 나갔다. 마음 같아선 그대로 멀리 던져버리고 싶었지만 오발탄처럼 엉뚱한 곳에 떨어지면 온 방을 헤집고 다녀야 하는 불상사가 생길 수 있었다. 수진은 도둑 걸음으로 밖으로 나갔다.

그새 자국눈이 내려서 옥상 바닥은 갓 세탁한 침대 시트처럼 하얗고 깨끗했다. 날은 포근했고 바람은 잔잔했다. 해거름을 따라 구름은 한층 더 내려와 있었다. 조금씩 눈발이 굵어졌다. 물기를 잔뜩 머금은 눈이었다. 왼발을 뻗어 현관문을 닫았다. 여전히 문은 삐거덕거렸다. 수진은 엉덩이를 뒤로 쑥 뺀 엉거주춤한 자세로 바가지를 바닥에 내려놓았다. 눈송이 몇 개가 바가지 위로 떨어져 내렸다. 쥐는 아무런 미동도 없었다. 수진은 반대쪽 방향으로 수건을 반쯤 걷어냈다. 훅

하고 튀어나올 것만 같았다. 뒷걸음질로 물러나 한참을 기다렸다. 손끝이 시렸다. 수진은 파카 주머니에 손을 넣었다. 구부정한 허리를 펴고 긴 숨을 뱉었다. 하얀 입김이 공중으로 흩어졌다. 철 지난 크리스마스 캐럴이 멀리서 들려왔다.

수진은 저벅저벅 옥상 끝으로 걸어갔다. 난간에 몸을 기대고 발끝을 모아 세우고는 멀리 내다보았다. 골목을 돌아 일방통행로가 나 있고 그 끝으로 4차선이 뻗어 있었다. 모세혈관 같은 길을 따라 혈류처럼 눈발이 우르르 몰려가고 있었다. 종종걸음을 옮기는 사람들 뒤로 발자국이 그림자처럼 따라붙었다. 수진은 몸을 돌려 난간에 등을 기대고 작은 옥탑방을 바라보았다. 희미한 백열등 빛이 창밖으로 새어 나왔다. 한 해의 마지막 날이었다. 미지근한 온기마저 그리운 저녁이었다. 수진은 어깨 위의 눈을 털며 바닥을 내려다보았다. 눈 위로 가느다란 선이 길게 그어져 있었다. 내달린 흔적이었다. 그 선은 옥상 구석의 배수구까지 이어져 있었다.

명상의
시간

라파엘라에게 묵주를 보냈다. 나무 알마다 장미 문양이 투박하게 조각된 묵주였다. 헬렌의 도움으로 주소는 알아낼 수 있었다. 따로 편지는 쓰지 않았다. 묵주가 메시지가 될 것이다.

*

밤의 끝이다. 요새에서 흘러내린 눅진한 안개가 낮게 퍼지며 남은 밤을 덮었다. 도시는 미명과 안개 속에 겁먹은 짐승처럼 잔뜩 웅크리고 있었다. 부옇게 점멸하는 신호를 따라 도로를 건너 성당의 오른쪽 길로 파고들었다. 샛골목이 잔가지처럼 뻗어 있었다. 돌길 위로 신발 끌리는 소리가 석벽에 부딪혀 골목을 텅텅 울렸다. 새벽길은 낯설었다. 안개까지

껴 마치 미로에 빠진 기분이었다. 문득 바라나시의 골목이 떠올랐다. 수련이 끝난 오후면 강으로 산책을 나갔는데 그때의 골목도 몹시 좁고 복잡해서 자주 헤매곤 했다. 갠지스강을 찾는 나에게 짜이를 팔던 초로의 노인은 마뜩잖은 표정을 지으며 고개를 저었다. 'Not Ganges. The only Ganga.' 그리곤 골목 끝을 가리켰다. 노인의 손가락 끝에서 가트의 검은 연기가 피어올랐다. 연기는 혼령처럼 허공을 헤매고 있었다. '강가'는 갠지스강의 힌디어로, 신성한 강을 뜻한다. 이 길이 맞나 하며 의심에 빠질 때쯤 안개에 잠긴 '강가'가 희미하게 보였다.

샬라로 들어서자 향을 피우고 있던 헬렌이 돌아보며 한쪽 눈을 찡긋했다. 용케 잘 찾아왔네. 헬렌은 내가 만들어 선물한 헐렁한 쥐색 바지를 입고 있었는데 짧은 커트 머리와 제법 어울려 갓 출가한 행자 같기도 했다. 허리와 발목에 고무줄을 넣고 품을 넉넉하게 준 데 비해 길이가 다소 짧아 복사뼈가 반쯤 드러나 있었다. 며칠 만에 부랴부랴 만드느라 어림짐작으로 길이를 맞춘 탓이었다. 간신히 꼴만 갖춘 두 벌의 바지를 번갈아 입으며 거추장스럽지 않아 좋다며 헬렌은 거듭 당케를 외쳤다.

요가 워크숍의 예정된 참석자는 내가 아닌 협회의 사무국

장인 에카 선생이었다. 그런데 출국을 앞두고 에카 선생이 발목을 접질려 반깁스를 하게 되었다. 협회에서는 급히 대신할 이를 물색했고 스케줄에 여유가 있던 나에게 기회가 넘어왔다. 고사할 겨를도 없었다. 한국 주체의 행사가 없어 참석만 하면 된다는 게 그나마 다행이었다. 독일행이 결정되고 나는 헬렌에게 전화를 걸어 워크숍이 끝나는 대로 들르겠노라고 말했다. 인도에서 요가 수련 중에 만난 헬렌은 나와 동갑내기로 지금은 고향인 코블렌츠에서 요가와 명상을 위한 샬라 '강가'를 운영하고 있었다. 수련을 마치고 각자의 나라로 돌아간 뒤로는 메일과 전화로 간간이 소식을 전할 뿐이었는데 생각지도 않게 다시 보게 되니 반기는 헬렌만큼이나 나또한 설렜다. 쾰른에서 3일간의 워크숍을 마치고 기차로 한시간여를 달려 코블렌츠에 도착한 게 바로 어젯밤이었다.

반쯤 열린 문 너머로 낮은 조도의 불빛이 보였다. 나는 겉옷을 벗고 따뜻한 물 한 잔을 마신 뒤 몸을 칼날같이 세워안으로 들어갔다. 수련실은 빈 방에 가까웠다. 하얗게 칠한사면에는 일체의 장식도 없었으며 오로지 전면에만 한 붓으로 크게 옴(ॐ)이 쓰여 있었다. 그 아래로 향, 뎅샤 그리고 크기가 다른 싱잉볼 몇 개가 가지런히 놓여 있었다. 참파꽃과백단이 어우러진 나그참파 향이 방 안 가득 그윽했다.

어둑한 구석자리에 누군가 누워 있었다. 길고 마른 몸이었다. 어깨 밑으로 흐른 긴 머리와 가는 팔다리의 실루엣은 부드러웠다. 흑갈색의 머리카락과 웜톤의 피부색이 동양인으로 보였다. 여자는 두 다리와 두 팔을 적당히 벌리고 하늘을 향해 누운, 온전한 사바사나로 선(禪)에 들어 있었다. 고른 숨을 따라 배가 가볍게 오르락내리락 움직였다. 여자는 베이지색 면티에 같은 색 면바지를 입고 있었다. 헐렁한 품새에도 늘씬한 몸매가 한눈에 들어왔다. 민낯임에도 여자는 아름다웠다. 갸름한 얼굴에 피부는 맑았으며 결이 고운 눈썹 아래로 끝이 날렵하게 들린 코와 도톰한 입술에 귀티가 흘렀고 길고 진한 인중이 인상을 선명하게 만들었다. 오랜 수련자임에도 나 또한 여자인지라 경배하듯 여자를 물끄러미 바라보고 있으려니 어딘가 낯이 익었다. 이렇게 또렷한 인중을 가진 누군가가 기억에 있었다. 바랜 기억 속에서 여자의 얼굴이 알 듯 말 듯 자맥질했다. 찹찹하던 마음이 들썩거렸다.

인기척이 났다. 독일 여성 서넛이 수련실로 들어오더니 익숙하게 자리를 잡고 앉았다. 나는 여자에게서 사선으로 몇 발짝 물러난 자리에 앉아 호흡을 바라보기 시작했다. 어느새 들어온 헬렌이 천천히 땡샤를 울렸다. 눈꺼풀 아래로 눈동자가 가볍게 움직이는가 싶더니 여자가 부풀어 오르듯이 스르르 몸을 일으켰다. 그리고는 머리를 대충 넘겨 묶고 가부좌를 틀었다. 묵은 기억을 헤집느라 나의 마음만 파편처럼 흩어졌다. 두 번째에 이어 세 번째 떵샤가 길게 울렸다. 엇노는 숨을 고르며 가슴 앞으로 손을 모았다. 여자가 고개를 들며 천천히 눈을 떴다. 긴 눈꼬리 때문인지 쌍꺼풀이 없는 것치 곤 제법 크고 시원한 눈매였다. 엄지와 검지로 친 무드라를 만들며 무릎 위로 내리는 여자의 손목에 시선이 멈췄을 때 나는 순간 낮은 탄성을 지를 뻔했다. 여자의 왼 손목에는 짙 은 밤색의 묵주가 걸려 있었다. 그와 동시에 내 기억 속에서 하나가 아닌 두 개의 이름이 툭툭 튀어나왔다.

라파엘, 라파엘라.

첫날부터 지각이었다. 무려 20분이나 지나 있었다. 근거리 지원에서 밀려 2지망 학교로 배정받는 바람에 처음으로 하 게 된 버스 통학이었다. 버스 정류장서 헤매느라 시간을 허 비한 데다 정류장에서 교문까지 이어지는 오르막길이 지나 치게 가팔라서 뛴다 해도 거북이 달리기에 불과했다. 헉헉거 리며 다다른 교문 앞에서 야호라도 외치고 싶은 심정으로 허 리를 펴는데 오리걸음으로 운동장을 돌고 있는 한 무리의 남 학생들이 보였다. 여학생들은 머리 위로 두 손을 올리고 교 문 앞에 늘어서 있었다. 손을 들며 은근슬쩍 줄의 맨 끝으로 붙으려는데 도끼눈의 선생님이 성큼성큼 다가왔다. 꿀밤이 라도 맞을까 싶어 눈부터 질끈 감았다. 하지만 선생님은 혀를 차며 한참 잔소리만 늘어놓더니 불쑥 내게 공책 하나를 떠안기며 이름 적어, 라고 말하고는 남학생들 쪽으로 가버렸다. 내키지 않았지만 어쩔 수 없었다. 내 이름부터 쓰고는 옆자리부터 하나하나 이름을 적어 나갔다. 노랑과 파랑의 이름표는 아직 학년 구분이 애매했으나 선배임이 분명했고 초록은 같은 1학년이었다. 선생님의 하수인이 된 것만 같은 찜찜한 마음에 대놓고 보지도 못하고 곁눈질로 확인하며 이름을 적어나가는데 한 명의 이름표가 보이지 않았다. 없었다기보다는 가슴께까지 내려오는 긴 생머리에 이름표가 가려져 있었다. 혹 선배일지도 몰라 차마 보여 달란 말도 못하고 쭈뼛거리며 슬쩍 얼굴을 보았다. 둥글고 봉긋한 이마와 날렵한 콧등, 그리고 새치름하게 다문 입술이 꽤나 예쁘장한 얼굴이었는데도 살짝 찡그린 미간과 또렷한 인중 때문인지 또래답지 않게 단호하고 엄숙한 이미지를 가지고 있었다. 콧등의 작은 점이 그즈음 인기를 끌고 있던 여배우와 몹시 흡사해 한편으론 신비스런 느낌마저 들었다. 조심스럽게 한 손을 뻗어 긴 생머리를 살짝 들추니 다행히 초록색 이름표였다. 윤……. 옮겨 적던 손을 멈추고 나는 이름표를 가만히 들여다보았다. 무척 독특한 이름이었다. '준'이나 '현' 같은 외자 이름은 간혹 보았지만 무려 네 글자에 제2외국어 같은 이름은 처음이었다.

라, 파, 엘, 라.

라파엘라.

윤, 라파엘라.

흡사 열대의 꽃 이름 같기도, 중세의 어느 화가 이름 같기도 했다. 독특한 성명이 학교생활을 하는 데 있어 적지 않은 스트레스—이를테면 이름만으로도 내 의지와 상관없이 존재감이 커진다거나 발표와 풀이를 앞두고 출석부를 펼쳐 든 선생님들의 많은 관심과 잦은 호명 또는 남학생들의 악의 없는 놀림—가 된다는 걸 이미 '선우'란 나의 두 글자 성을 통해 초중학교 내내 충분히 경험한 터라 동병상련의 마음마저 생겼다. 이름을 적으며 한 걸음 뒤로 물러서는데 라파엘라와 눈이 마주쳤다. 라파엘라가 큰 눈으로 나를 빤히 보고 있었다. 정확하게는 내 이름표를.

조례 시간에 맞춰 간신히 교실로 들어왔을 때 남은 자리는 단 하나였다. 선택의 여지없이 빈자리에 앉을 수밖에 없었다. 교실은 이미 남녀 합반, 남녀 짝꿍이라는 아노미에 빠져 있었다. 가방에서 잡히는 대로 아무 책이나 꺼내는데 옆자리에서 갱지 한 장이 넘어왔다. 학기 시간표였다. 종이를 받으며 슬쩍 옆을 보는데 참 이상한 일이었다. 교문에서 본 라파엘라와 닮은 얼굴이 거기 있었다. 다른 점이 있다면 머리가 좀 짧고 앉은키가 상당히 큰 남자애라는 거였다. 이름표를 보니 더 혼란스러웠다. 윤, 라파엘.

　라파엘과 라파엘라.

　전교생 모두가 라파엘, 라파엘라의 존재를 알게 되기까지는 채 일주일도 걸리지 않았다. 거기에는 분명한 세 가지 이유가 있었는데 첫 번째는 당연히 둘의 뛰어난 외모와 그에 따른 인기 때문이었다. 좀 더 정확히 이야기하자면 라파엘라에 대한 남학생들의 신앙에 가까운 숭배에 있었다. 물론 라파엘도 라파엘라 못지않게 무수한 고백을 받았지만 여학생들의 대시가 달밤의 달맞이꽃처럼 수줍고 은근한 데 비해 남학생들의 구애는 수탉처럼 거칠고 서툴렀다. 본의 아니게 라파엘라는 모든 여학생들의 질투 섞인 시기와 은밀한 선망의 시선을 동시에 받았다. 두 번째는 둘이 이란성 쌍둥이라는 점이었다. 십 분 간격으로 태어난 둘은 순서로 따지자면 라파엘이 먼저였다. 흔히 보기 어려운 이란성 쌍둥이란 사실에 학기 초 며칠 동안 둘이 속한 교실 앞은 기웃거리는 학생들로 어수선했다. 세 번째는 둘의 이름이었다. 독실한 가톨릭 집안에서 모태 신앙으로 태어난 둘의 이름, 라파엘과 라파엘라는 세례명이었다. 종교에 무지했던 우리가 이런저런 질문을 해대자 가톨릭 신자였던 수학 선생님은 대뜸 라파엘은 라파엘라다, 라는 명제부터 칠판에 적었다. 그리고는 여전히 멀뚱한 표정의 우리에게 설명을 해주었다. 가톨릭에는 대천사 세 분이 계시고 그 이름은 가브리엘, 미카엘, 라파엘이며 모두 여성명을 갖고 있다. 가브리엘은 가브리엘라, 미카엘은 미카엘라 그리고 치유의 신인 대천사 라파엘의 여성명은 라파엘라다. 라파엘라는 라파엘이 맞으니 고로 이 명제는 참, 이라고 적은 뒤 선생님은 라파엘에게 혹시 9월 29일생이냐고 물었다. 우리의 시선이 일제히 라파엘에게 쏠렸다. 붉어진 얼굴로 라파엘이 고개를 끄덕였다. 대천사 라파엘의 축일이 9월 29일이었던 것이다.

나는 라파엘라와 같은 반인 적은 한 번도 없었지만 이상하게도 라파엘과는 무려 3년 동안 같은 반이었다. 그렇다고 라파엘과 딱히 친하게 지낸 것도 아니었다. 나는 라파엘과 3년 내내 같은 반이라는 엄청난 행운─친구들은 신의 축복이라 했다─을 잡았지만 어설픈 짝사랑이라는 덫이 오히려 라파엘과의 사이를 더 데면데면하게 만들었다. 라파엘의 장래 희망이 성직자라는 말에 울적했던 그 밤을 나는 아직도 기억하고 있다.

라파엘라의 몸은 분절 없이 흐르고 있었다. 뭉긋하게 말아 올린 척추를 따라 그녀의 긴 목이 새순처럼 돋았다. 들숨과 날숨은 깊고 유연했으며 쿰바카*는 충만하고 정확했다. 손발 끝에 남아 있는 무용의 흔적이 아사나**를 지나치게 미적으로 만드는 흠에도 불구하고 그녀의 아사나는 충분히 훌륭했다. 집중력 있는 수련의 흔적이었다. 오히려 들뜬 나의 호흡이 아사나를 겉돌며 툭툭 끊어지고 있었다. 되똑거리는 마음을 붙잡느라 정작 수련은 뒷전이 되고 말았다. 무릇 십여 년의 시차를 두고 독실한 가톨릭 신자인 라파엘라를 요가 샬라에서 다시 만나게 된 것만도 놀라웠지만 더 놀라웠던 건 행복한 결혼 생활 중 돌연 사라진 그녀가 지금 유럽의 아주 작은 도시, 여기에 홀로 있다는 사실이었다.

출국을 앞둔 며칠 전이었다. 둘째의 돌잔치 소식을 전하는 고등학교 동창과 통화를 하던 중이었다. 결혼과 동시에 연년생으로 아들 둘을 낳은 친구는 혼자서 곱절의 육아를 감당하느라 무척 지쳐 있었다. 목소리에서도 고단함이 느껴졌다. 반복되는 육아 전쟁에 대해 뇌까리듯 푸념하던 친구의 목소리에 갑자기 생기가 돌며 말이 빨라진 건 동창들 소식으로 이야기가 넘어간 직후였다. 몇몇 동창의 근황을 전하던 친구가 대뜸 던지듯 말했다. 없어졌댄다, 라파엘라가. 어깨와 귀 사이에 폰을 끼운 채 요가 매트를 말던 나는, 순간 폰을 놓

* 숨 멈춤
** 요가의 체위(동작)

칠 뻔했다. 누가 없어졌다고? 폰을 옮겨 잡으며 되물었다. 매트가 맥없이 도로 풀렸다. 없어졌다는 말에 분명히 악센트가 실려 있었다. 건너 들은 거라 나도 전후 사정은 잘 모르겠고. 여튼 라파엘라가 사라졌대. 나는 말끝을 물고 왜, 왜만을 반복했다. 난들 아니? 하지만 유부녀가 집을 나갔다는 게 무슨 의미겠니. 그거 아니겠어? 친구는 그거, 라는 말에 힘을 주며 낮게 속삭였다. 그거? 되묻지 않을 수 없었다. 바람 말야, 바람. 친구는 단정적으로 말했지만 나는 그 말에 수긍할 수가 없었다. 말이 돼? 라파엘라는 가톨릭이야. 내가 반론하듯 말했다. 이혼이랑 동성애도 포용되는 세상에 바람이 뭐 대수니. 어쨌든, 도무지 알 수가 없다. 천사가 천국은 왜 떠났으며 도대체 어디로 갔다니. 말짱 거짓말 같은 친구의 말을 곰곰이 되씹는데 폰 너머에서 울음소리가 들렸다. 하나가 울자 덩달아 남은 아이도 울어댔다. 딱히 인사랄 것도 없이 전화를 끊으려는데 그런데 라파엘이, 라는 말이 흐릿하게 건너왔다. 다시 걸어볼까 생각했지만 아기 둘을 어르느라 바쁠 친구가 떠올라 그만두었다.

　라파엘라를 생각할 때면 늘 기억의 거름망에선 라파엘부터 빠져나왔다. 3년 내내 같은 반이라는 공통 분모 위로 긴이름의 비슷한 분자까지 겹쳐진 때문이었다. 출석부의 평범한 이름들 사이로 삐죽이 튀어나온 라파엘과 나의 이름은 특히 수학 선생님들의 잦은 부름을 받았다. 윤 라파엘이랑 …… 세희, 선우 세희가 한번 풀어볼까. 선생님은 늘 한 번이라고 했지만 나중엔 습관적으로 불러대는 바람에 정말 곤혹스러울 지경이었다. 다행이라면 라파엘도 수학을 썩 잘하진 못해서 비교와 창피는 그런대로 면할 수 있었다는 거였다.

졸업 후 둘에 대한 소식은 동창들을 통해 들은 게 거의 전부였다. 라파엘은 원하던 대로 신학대에 진학했고 라파엘라는 전공인 현대 무용으로 여대에 들어갔다. 신학 공부를 마친 라파엘은 사제 서품을 받고 성직자의 길로 들어섰으며 라파엘라는 졸업 후 잠시 시립무용단에서 무용수로 활동하다 결혼과 함께 그만두었다. 여러 사업체를 가진 재력가 집안의 외아들이자 변호사인 남편과의 사이에는 아들 하나를 두었다. 라파엘라의 남편은 법률 사무소를 운영하며 법률 프로그램의 패널로 자주 출연한 덕에 사회적 인지도와 인기가 상당히 높았다. 나도 한두 번 TV에서 라파엘라의 남편을 본 적이 있었는데 큰 키에 각진 어깨가 슈트와 퍽 어울리는 풍채였고 선이 굵은 이목구비는 호남형에 가까웠다. 한쪽만 살짝 팬 보조개는 짙은 인상을 부드럽게 만들어주었고 중저음의 목소리와 어투에는 일정한 톤에서 느껴지는 신뢰감과 듣는 이로 하여금 호감을 갖게 만드는 정연함이 있었다. 여성잡지에 실린 라파엘라 부부의 인터뷰를 본 동창의 말에 의하면 라파엘라의 미모는 여전했으며 부부는 아름다웠고 아이는 사랑스러웠다고 했다. 차기 국회의원 도전에 관한 기자의 마지막 질문에 라파엘라의 남편은 남자라면 충분히 품어볼 야망이다, 라고 대답하며 딱히 부정하진 않더라는 말도 덧붙였다. 이러다 마흔도 되기 전에 라파엘라가 국회의원 사모님 소리 듣게 되는 거 아니냐고 동창들 사이에선 그녀에 대한 시기와 질투, 부러움이 뒤섞인 말들이 나돌았다. 그런 라파엘라가 어느 날 갑자기 사라졌다는 사실은 그녀를 아는 모든 이에게 충격이었다. 사라진 이유를 두고 동창들의 무수한 추측이 난무했지만 확인할 길은 없었고 라파엘라를 찾았다거나 돌아왔다는 소식 또한 없었다.

나는 마치 보물찾기에서 보물이 적힌 쪽지를 제일 먼저 발견한 사람처럼 긴가민가한 마음으로 수련 내내 라파엘라를 훔쳐보았다. 분별없이 흩어지는 나의 거친 숨을 느낀 헬렌이 다가와 어깨 위로 가만히 손을 얹었다. 나는 길게 숨을 내쉬고 두 손으로 바닥을 밀어내며 다운 독으로 몸을 끌어올렸다. 들이쉬는 숨에 가슴을 열며 업 독으로 연결한 뒤 발등을 하나씩 바닥으로 내려놓을 때였다. 두 손과 두 발로 바닥을 힘껏 밀어내며 우르드바 다누라사나로 들어가던 라파엘라의 몸이 오른쪽으로 기우는가 싶더니 이내 풀썩 떨어졌다.

그리고는 오른쪽 어깨를 부여잡으며 몸을 공처럼 말고는 모로 구르는데 발끝까지 가늘게 떨렸다. 뒤에서 지켜보던 헬렌이 다가와 라파엘라의 어깨를 부드럽게 마사지하며 차분하게 인헤일(Inhale)과 엑스헤일(Exhale)을 반복하며 숨을 이끌었다. 오늘이 처음은 아닌 모양이었다. 한결 편해진 얼굴의 라파엘라가 헬렌의 손을 가볍게 잡았다. 헬렌은 그녀의 손등 위로 손을 포개고 마저 진정되도록 잠시 기다려 주었다. 그리고는 걱정스레 지켜보는 나에게 노 프라블럼이라고 속삭인 뒤 자리로 돌아갔다. 물처럼 고여 있던 그녀가 천천히 바닥을 밀어내며 상체를 일으키는데 흘러내린 앞머리 사이로 보이는 얼굴이 해쓱했다. 짧게 시선이 부딪쳤다. 나를 알아봤을까, 아는 척을 해야 하나 하고 잠시 고민에 빠진 사이 라파엘라는 무심하게 일어나 수련실을 나갔다.

미처 걸치지도 못한 카디건을 한 손에 들고 맨발에 신발을 꿰신고는 허겁지겁 샬라를 나오자 골목 끝으로 사라지는 라파엘라의 뒷모습이 보였다. 수련복 위에 큼직한 갈색 숄만 걸친 걸 보니 사는 곳이 멀지 않은 모양이었다. 장발장을 뒤쫓는 자베르 경감처럼 멀찌감치 떨어져서 라파엘라의 뒤를 밟았다. 아직 이른 아침이라 길에는 오가는 사람이 적었다. 조마조마한 마음으로 잔걸음을 옮겼다. 양팔을 뻗으면 벽에

닿을 만큼 좁은 구시가지의 골목을 몇 번이나 휘갑치듯 돌아
나갔을 때 갑자기 시야가 탁 트이며 작은 광장이 나타났다.
광장 맞은편의 성당 첨탑이 정지 신호처럼 우뚝 솟아 있었
다. 뒷걸음으로 골목 그림자에 몸을 묻고는 정사각형 모양의
광장을 살폈다. 흰 외벽의 낮은 건물들이 광장의 큰 틀을 만
들고 있었고 1층의 아케이드 상점가가 색 띠처럼 둘린 아담
한 광장이었다. 귀퉁이로 작은 동상 하나가 보였는데 말라깽
이 소년이 머리 위로 한 손을 들고는 잔뜩 심술 난 표정을 짓
고 있었다. 헬렌이 말한 침 뱉는 소년이라 불린다는 바로 그
분수인 모양이었다. 소년이 물을 뿜는 게 마치 침을 뱉는 모
습 같아서 유명해진 분수라고 했다. 라파엘라는 분수 근처에
서 누군가를 기다리고 있었다. 숄의 남은 부분을 목 주위로
돌려 감으며 어깨를 움츠리는 게 추워 보였다. 덩달아 한기
가 느껴진 내가 카디건에 팔을 대충 끼워 넣는데 광장을 가
로질러 오는 한 남자가 보였다. 카키색 트렌치코트에 모직
중절모를 쓰고 낡은 가죽 가방을 든 남자는 큰 키에 마른 체
구를 가진 독일인이었다. 눌러쓴 중절모 밑으로 보이는 희끗
한 머리카락과 전체적으로 풍기는 지적이고 중후한 이미지
가 중년 신사에 가까웠다. 남자는 거리낌 없이 한 손으로 라
파엘라의 등을 부드럽게 감싸며 가볍게 안아주었다. 라파엘
라 또한 밀어내는 기색 없이 설핏 미소까지 보였다. 남자는

라파엘라 가까이 몸을 숙이고는 무슨 말인가를 건네고 있었다. 라파엘라는 남자의 말에 귀를 기울이며 한두 번 고개를 끄덕이기도 했다. 흡사 다정한 연인의 속삭임 같았다. 몇 마디를 더 주고받더니 둘은 곧 분수 옆을 떠나 광장의 왼쪽 골목으로 걸음을 옮겼다. 남자는 보호하듯 그녀의 어깨 옆으로 한쪽 팔을 두르고 있었다. 나는 잠시 망설이다 그들이 사라진 골목을 향해 광장을 가로질러 걸었다.

둘은 감쪽같이 사라지고 없었다. 골목 이곳저곳을 기웃거렸지만 라파엘라와 남자는 보이지 않았다. 나는 골목 한가운데에 우두커니 서고 말았다. 목적과 방향을 상실한 채였다. 작정하고 쫓은 것도 아닌데 아쉽게 놓친 것만 같아 공연히 부아가 났다. 고개를 젖히고 주위를 살폈지만 첨탑마저 보이지 않았다. 광장 쪽이라 짐작되는 길을 되짚어 몇 걸음 옮겼을 때였다. 나는 붙박이듯 그 자리에 멈춰 섰다. 라파엘라가 나를 보고 있었다. 마른 담쟁이가 실핏줄처럼 퍼져나간 건물의 안쪽 담벼락을 등지고 선 채였다. 갈색 숄은 마치 보호색 같아서 알아채기가 쉽지 않았다. 그녀의 창백한 얼굴이 아니었으면 그대로 지나쳤을지도 몰랐다. 라파엘라가 내내 지켜보았다고 생각하자 얼굴이 홧홧했다. 남자는 보이지 않았다. 라파엘라는 서늘한 눈빛을 띤 채 아무 말도 하지 않았다. 굳게 다문 입술에서는 내 자백을 듣기 전에는 절대로 먼저 입을 열지 않겠다는 단호함마저 느껴졌다. 숄을 움켜진 그녀의 마른 손등에 가는 힘줄이 돋았다. 바람마저 고인 골목으로 지독한 침묵이 흘렀다. 지나가는 사람 하나 없었다. 팽팽한 긴장의 끈을 먼저 놓아버린 건 나였다.

—널 찾고 있대. 네 남편이.

라파엘라의 눈빛이 흔들렸다. 하지만 아주 잠깐이어서 어쩌면 내 눈빛이 흔들렸는지도 모르겠단 생각까지 들 정도였다.

그런데? 그녀의 눈빛은 되레 그렇게 묻고 있었다. 당황한 건 오히려 나였다. 그녀는 남편이 자신을 찾는다는 사실보다 누군지도 모를 내가 쫓아와서는 그 말을 했다는 것에 더한 경계심을 보였다. 어쩌면 당연한 반응일지도 몰랐다. 같은 반도 아니었고 친구의 친구도 아니었다. 잘 안다고 생각한 건 나만의 착각이었다.

—따라온 건 미안해…… 말해주고 싶었어.

어설픈 자백을 끝내자마자 나는 카디건을 여미며 돌아섰다. 부러 씩씩하게 걸었지만 목덜미가 후끈거렸다. 어떤 기척도 없었다. 골목에서 광장으로 꺾어들며 슬쩍 돌아볼 때까지도 그녀는 그 자리에 그대로 서 있었다.

다음 날 새벽 수련에 라파엘라는 나오지 않았다. 예상한 바였다. 이틀 후면 한국으로 돌아간다는 말이라도 덧붙일 걸 그랬나 싶기도 했지만 이미 지난 일이었다. 수련이 남은 헬렌을 두고 샬라를 내려와 집 쪽으로 방향을 틀었다. 낙엽 몇 장이 오소소 발치로 떨어져 내렸다. 아직은 이른 가을이었다. 미처 초록빛을 떨치지 못한 나무가 바람에 부대꼈다.

그 아래 라파엘라가 서 있었다. 큰 키에 어울리는 헐렁한 아이보리색 긴 카디건을 걸치고 있었다. 화장기 없는 얼굴에 입술의 붉은 기가 유일한 생기였다. 그녀는 엄지로 알을 하나씩 하나씩 밀어내며 묵주를 돌렸다. 이윽고 긴 머리를 한 손으로 길게 쓸어넘긴 뒤 나를 향해 천천히 걸어왔다.

―같이 걸을래?

잠시 내 대답을 기다리는 듯하던 그녀가 돌아서더니 반 발짝 앞서 걸었다. 날 기억하느냐고 물을 새도 없었다. 속뜻을 가늠하느라 머뭇거리는 사이 그녀는 저만큼 멀어져 있었다. 같이 걷자고 해놓고는 좋을 대로 하란 식의 무심한 걸음이었다. 놓칠세라 라파엘라를 쫓아 나는 잰걸음을 옮겼다.

우리는 나란히 걸었다. 어제 내가 그녀를 뒤쫓던 그 길이었다. 광장을 지날 때는 운 좋게 침 뱉는 소년이 물을 뿜는 모습도 볼 수 있었다. 우리는 말없이 한동안 분수의 물줄기만 바라보았다. 중절모 남자는 보이지 않았다. 골목으로 들어선 라파엘라가 조금 앞서 걷더니 어제 마주쳤던 그 담쟁이덩굴

집 앞에서 걸음을 멈췄다. 그리고는 육중한 목조문을 열고 삐걱거리는 계단을 올랐다. 3층의 복도 끝 문 앞에 이르러서 야 그녀는 조용히 입을 열었다.

—머무는 곳이야.

아주 작고 좁은 방이었다. 작은 냉장고와 싱크대, 싱글 침 대 그리고 탁자와 의자 두 개가 욕실 쪽을 제외한 나머지 삼 면을 채우고 있었다. 개인적인 세간이랄 것도 없이 침대 발치 에 놓여 있는 여행용 캐리어 한 개가 전부였다. 금방 도착했 거나 곧 떠날 사람의 방 같았다. 라파엘라는 투박한 머그컵 에 홍차를 우려 내왔다. 우리는 창가 옆 작은 탁자에 마주 앉 아 차를 마셨다. 열린 창문에 걸린 흰 레이스 커튼이 바람이 불 때마다 가볍게 흔들렸다. 탁자 위로 레이스 문양의 볕 조 각이 떨어졌다.

—하루의 대부분을 이 자리에 앉아서 보내. 그리고 많은 생각을 하지. ……간밤엔 네 생각도 좀 해봤어.

나는 우리가 같은 반을 한 적은 없으니 기억하지 못한다고 해서 미안할 것도 없는 고등학교 동창이라고 말해주었다. 그 녀는 내 이야기를 묵묵히 들으며 컵의 손잡이만 만지작거렸 다. 덧붙여 나는 내가 알고 있는 선에서 한국 소식을 간략하 게 전했다.

—난 내일 한국으로 돌아가. 혹시…… 네 소식을 전하길

원하니?

나는 단도직입적으로 물었다. 라파엘라가 손을 멈추고 나를 바라봤다.

—그러지 않기를 바란다면?

—말하지 않을 거야.

—…….

라파엘라는 대답이 없었다. 묵주를 서너 바퀴쯤 돌리며 꽤긴 시간을 보내고 나서야 그녀는 커튼을 살짝 젖혀 밖을 살핀 뒤 창문을 닫았다. 그리고는 나에게서 반쯤 돌아앉더니 천천히 겨자색 상의를 허리서부터 끌어올리기 시작했다. 가는 허리와 매끈한 등을 따라 척추가 만곡을 이루고 있었다. 아, 나의 입에서 탄식이 절로 흘렀다. 척추를 줄기 삼아 피어난 그것은 마치 이제 지기 시작하거나 이미 져버린 꽃처럼 푸르기도 검기도 했고 흩뿌린 목단 꽃잎처럼 검자줏빛에 가깝기도 했다. 또한 그것은 뱀이 광포하게 휘감은 흔적 같기도, 가시덤불로 후려친 생채기 같기도 했다. 누군가에 의해 마구잡이로 무참하게 짓밟힌 상처가 분명했다. 순간 무섬증이 일어 나는 몸을 떨었다.

—아직도 남아 있니?

나는 대답 대신 덜덜 떨리는 손으로 죽은 꽃과 뱀의 허물과 가시 자국을 더듬었다. 전이된 고통에 손끝이 아렸다. 가만히 라파엘라의 오른쪽 어깨로 팔을 뻗었다. 그녀의 함몰된 날개뼈가 만져졌다. 라파엘라가 왼손으로 오른쪽 어깻죽지를 감싸며 몸을 둥글게 말았다. 접어 올린 무릎 위로 고개를 떨구자 머리칼이 가슴 쪽으로 흘러내렸다.

─결혼하고 1년도 안 되었을 때야. 뉴스에도 나올 만큼 제법 큰 사건이었는데 남편은 패소하고 말았어. 그때까지 남편은 재판에서 한 번도 져본 적이 없는 사람이었어. 정확하게 말하면 인생에서 한 번도 실패해본 적이 없는 사람이야. 저녁을 먹으며 내 딴엔 위로를 한다고 한 마디 건넸는데……차라리 남편이 술이라도 진창 마신 상태였더라면 이해하기가 쉬웠을지도 몰라. 남편은 정말, 너무나 멀쩡해서 나는 더 무서웠어. 거실장 모서리에 부딪쳐 나가떨어지는 나를 보고 나서야 남편은 개운한 표정으로 내게서 떨어졌어. ……그게 시작이었어.

나는 그녀의 옷을 내려주었다. 그리고 그녀의 오목한 날개뼈에 손을 얹었다.

─너에겐 라파엘이 있잖아. 라파엘에게라도 말하지 그랬어?

─…….

라파엘라가 의자에서 몸을 일으키더니 벽 쪽으로 돌아섰다. 바랜 벽지 위로 사각 액자와 타원형 거울이 걸렸던 흔적이 본래의 벽지 색으로 남아 있었다. 라파엘라가 손을 뻗어 머리 위쪽의 벽을 더듬었다. 십자가의 흔적이 뚜렷했다. 라파엘라는 진짜 십자가 앞에라도 선 듯 십자 성호를 긋고는 두 손을 모았다. 그리고 나지막이 말했다.

─······죽었어, 라파엘.

뺑소니였고 아버지는 즉사했다. 나는 3일 동안 학교에 가지 못했다. 장례를 치르는 동안에 나는 울지 않았다. 믿기지 않으니 눈물도 나지 않았다. 장례식장에서 화장터로, 다시 납골당으로 휩쓸려 다니는 동안에도 내 표정은 내내 어리벙벙했으며 품이 큰 상복 치맛자락에 걸려 뒤뚱거리기만 했다. 밤이면 어김없이 졸았으며 때가 되면 배부터 고팠다. 아버지의 죽음을 실감한 건 학교로 돌아오는 아침부터였다. 여느 때처럼 지각을 했지만 선생님은 나를 붙잡지도 혼내지도 않았다. 지각생들 속에서 불러낸 뒤 그저 고갯짓으로 교실을 가리켰다. 기쁘지 않은 면죄부에 나는 고개를 떨구고 무리를 빠져나왔다. 벌을 서던 아이들이 서로 시선을 주고받으며 수군거렸다. 동정과 연민과 측은함이 뒤섞인 눈빛을 애써 숨기지 않았으며 깜짝 놀란 한두 명은 두 손으로 입을 가리며 울상을 짓기도 했다. 아직은 누군가를 능숙하게 위로하는 법을 모르는 나이였다. 줄의 맨 끝을 지나치는데 누군가 까치발로 라파엘라의 귀에 대고 속삭이고 있었다.

4교시 체육이 끝난 뒤였다. 남녀 합반인 1학년 체육 수업은 가끔 두 반을 합쳐 남녀로 나눈 뒤 남학생들은 운동장에서 구기 운동을 하고 여학생들은 체육관에서 여선생님의 지도하에 실내 운동을 하곤 했다. 리듬체조 선수 출신인 선생님은 매 시간 곤봉, 홀라후프, 공, 리본을 이용한 체조 동작을 가르쳐주었는데 여학생들은 제대로 된 동작은 차치하고 엉뚱한 데 떨어진 수구를 주우러 다니며 시간을 보내기 일쑤였다. 수업이 끝나면 꼬인 리본을 풀고 수구를 정리해서 기구실에 갖다 두는 건 당번의 일이었다. 마치는 종이 울리자마자 애들은 리본을 대충 말아 던져놓고는 우르르 교실로 몰려갔다.

그날, 우리 반 당번은 나였다. 나는 리본 뭉치 앞에 쪼그리고 앉아 꼬인 리본을 하나씩 풀었다. 어린아이처럼 입술을 삐죽거리며 눈에 힘을 주는데도 자꾸만 눈물이 흘렀다. 눈물을 훔치는데 누군가 다가와 옆에 앉았다. 7반 당번인 모양이었다. 나는 들킬세라 고개를 푹 숙이고 아무렇지도 않은 듯 리본을 풀었다. 7반 당번은 아무 말 없이 풀어놓은 리본을 착착 말아서 상자에 담았다. 눈물이 리본 위로 툭툭 떨어져 별 모양 자국을 만들었다. 점심을 먹고 쏟아져 나온 학생들로 체육관 밖은 소란스러웠다. 체육복 소매 밑으로 언뜻 나무 묵주가 보였다. 묵주는 진한 밤색으로 검지 손톱 크기의 구형알 십여 개에 작은 십자가가 연결된 모양이었는데 특이하게 묵주 알에는 모두 투박하게 장미 문양이 조각되어 있었다. 라파엘라였다. 그녀는 내 앞의 리본 뭉치를 모두 쓸어 가더니 민첩하게 풀어 나갔다. 라파엘라는 마지막 리본까지 말아 넣은 상자를 들고 뒤쪽 기구실로 성큼성큼 걸어갔다. 나는 오도카니 앉아 라파엘라가 체육관을 나가기를 기다렸다. 그때였다. 라파엘라가 다시 내 쪽으로 돌아왔다. 나는 고개를 숙인 채 그녀의 가는 발목을 바라보았다. 잠시 서 있던 라파엘라가 허리를 숙이더니 내 손목을 잡았다. 놀란 내가 고개를 드는데 그녀의 묵주가 내 손목으로 넘어왔다. 묵주에서 온기가 느껴졌다.

나는 잘못 들었다고 생각했다. 되묻기도 두려웠다. 나의 혼란을 짐작했는지 라파엘라가 다시 천천히 높낮이 없는 목소리로 되뇌었다.

—죽었어. 한 달 전에.

반사적으로 벌떡 일어선 나의 어깨를 가볍게 눌러 자리에 앉게 하고는 라파엘라는 제자리로 돌아갔다. 그리고 이미 식어버린 홍차를 한 모금 마셨다.

—아르헨티나에서……. 간 지 1년이나 됐을까. 교포 자녀

중에 갱단에 발 들인 애가 있었나 봐. 정신 차리고 빠져나오려 하니 온갖 협박이 끊이질 않았대. 애가 도움을 구하는데 라파엘로서는 모른 척할 수 없었을 거야. 다른 도시에 은신시키려고 같이 움직이다가 뒤를 밟은 갱단이 쏜 총에 맞았는데…… 내가 갔을 땐 이미 뇌사상태라 더 손 쓸 수도 없었어.

이대로 멈추면 두 번 다시 꺼내지 못할 이야기를 들려주듯 라파엘라는 숨조차 아꼈다. 폭풍에 덜컹이는 문을 붙잡고 간신히 버티는 사람처럼 그녀의 말은 억눌려 있었다.

—머리의 총알은 너무 깊숙이 박혀 수술조차 못 했어. 수술을 감행해서 총알을 빼낸다 해도 평생 식물인간으로 살게 되거나 잘못되면 수술 중에 죽을 수도 있다고……. 라파엘의 곁에서 그렇게 일주일을 보냈어. 병실 밖에선 모두가 내 결정을 기다리고 있었고. 일주일째 되던 날 나는 라파엘의 얼굴과 손, 발을 오래도록 쓰다듬었어. 그리고 마지막으로 어깨 밑으로 손을 넣어서 날개뼈 자리를 가만가만 더듬어 보았어. 곧 올라올 아기의 앞니같이 연하고 부드러운 살결 아래 숨어 있는 뾰족한 그것. 나는 몸을 기울여 라파엘의 귀에 대고 말해줬어. 정말 다행이라고.

방의 구석까지 밀려든 햇볕이 어느새 벽을 타고 오르고 있었다. 나는 빛의 끄트머리에서 서서히 사라져가는 십자가의 형상을 잠시 지켜보았다. 라파엘이 사라진 게 믿기지 않왔다.

—배가 고파.

라파엘라가 찬장을 뒤져 쿠키 한 통을 꺼내 왔다. 굵은 설탕이 듬성하게 뿌려진 쿠키를 반으로 쪼갠 다음 나에게 한 쪽을 건넨 뒤 라파엘라는 자기 몫의 쿠키를 반으로, 다시 반으로 작게 나누어 입에 넣고는 오래오래 씹었다. 그리고 천천히 삼켰다. 그녀는 전혀 배고픈 사람 같지 않았다. 나는 차마 쿠키를 먹지도 못하고 애꿎은 설탕 조각만 뜯어냈다. 라파엘라는 마지막 쿠키까지 야무지게 씹어 꾸역꾸역 넘기고 나서야 말을 이었다.

—모두 기증했어. 각막, 심장, 간, 신장 그리고 피부까지. 여덟 명을 살릴 수 있더라.

라파엘라가 손목에 걸린 묵주를 만지작거렸다. 짙은 밤색의 알이 굵은 묵주였다.

—유품이라곤 이게 전부야.

—독일엔 언제 온 거니?

—라파엘 묻고 바로. 두 번이나 경유해서. 파리에서 여기까진 기차로 왔어.

나는 그제야 왜 라파엘라가 빈 방에서 짐도 풀지 못하고 금방이라도 떠날 사람처럼 지내는지 그리고 레이스로 가린 창가에 앉아 왜 틈틈이 창밖을 내다보는지 조금은 알 것 같왔다.

　―괜찮겠어?

　―남편은 집요한 사람이야. 날 찾아내고 말 거야.

　―이곳은 안전하니?

　―지금으로선. …… 봤니? 나와 같이 있던 독일인.

나는 고개를 끄덕였다.

　―누구라고 생각해?

　―글쎄…….

동창들 사이에서 나도는 흉흉한 말까지 차마 내뱉을 순 없
었다.

　―그는…… 라파엘의 대부야.

아……, 예상치 못한 대답이었다. 나 또한 속된 생각에서
벗어나지 못하고 있었던 것이다.

　―그는 누구보다 라파엘의 죽음을 가슴 아파하고 있어.

라파엘 남매가 태어날 당시에 그는 서울의 한 대학에서 철
학을 가르치고 있었는데 부모님과의 인연으로 라파엘의 세
례 대부가 되어주었으며 지금은 이곳의 대학에서 역사를 가
르치고 있다고 했다. 연인의 몸짓이라고 여겼던 두 사람의
포옹이 실은 상처를 보듬는 위무였던 것이다.

　―라파엘을 보내며 생각했어. 위험을 무릅쓰고 한 아이를
구할 수 있는 순수한 신념이 과연 내겐 있을까. 남편의 폭력

을 견디며 반복했던 나의 기도가, 언젠간 남편을 구원할 수 있다고 믿었던 나의 신념이 결국은 나의 욕망을 가리기 위한 거짓 허울에 불과하지 않았을까. 돌아간다면 난 그 허울을 다시 뒤집어쓰겠지…… 그래서 난 돌아가지 않아.

말을 마친 라파엘라는 탁자 위에서 자신의 맞잡은 두 손에 힘을 주었다. 나는 몸을 기울여 그녀 쪽의 창을 조금 열어주었다. 서늘한 미풍이 불었다. 우리는 처음처럼 그렇게 탁자에 마주 앉아 창밖으로 빛이 썰물처럼 빠져나갈 때까지 오래도록 있었다.

이른 저녁을 먹고는 헬렌과 강변으로 산책을 나갔다. 한 시간쯤 걸은 후 우리는 갈림길 앞에서 헤어졌다. 헬렌은 저녁 수련을 위해 샬라로 돌아갔고 나는 헬렌이 일러준 방향으로 걸었다. 5분쯤 걷자 트인 마당이 나오고 드문드문한 고목 사이로 성당이 보였다. 크림색 외벽과 회색 지붕 위로 첨탑 두 개가 솟은 아담한 규모의 성당이었다. 호위하듯 둘러싼 굵은 둥치와 풍성한 잎사귀의 나무들이 만드는 안온함이 한데 어우러져 성당 주변은 무척 아름다웠다. 오르간 소리가 들렸다. 나는 성당으로 걸음을 옮겼다.

라파엘라는 가능한 한 코블렌츠에 머물길 원했다. 도시가 지나치게 크거나 작지도 않고 한국인도 많지 않아 남편의 눈을 피해 지내기에 안전하고 무엇보다 라파엘의 대부가 가까이 있어 심리적으로 위안이 된다고 라파엘라는 말했다. 남편의 폭력에 기인한 호흡 곤란을 극복하고자 사람들 눈을 피해 새벽 요가를 시작했으며 오후에는 성당에서 파이프 오르간 레슨을 받고 있다고 했다. 랭귀지 스쿨이 끝나는 대로 대학에서 본격적으로 성당 오르가니스트 과정을 밟을 계획이라고 했다.

파이프 오르간은 2층 후면에 있었다. 오르간은 세로로 8분할된 목조 테두리 안으로 길이가 다른 금빛 파이프가 세 개씩 붙어 있었는데 언뜻 보면 벽면 인테리어로 보일 만큼 2층 전면을 채우고 있었다. 연주대는 보이지 않았다.

나는 예배당의 맨 뒤쪽에 앉아 오르간 소리에 귀를 기울였다. 음은 단순하고 느렸다. 하지만 연주가 계속될수록 포개진 음들이 페이스트리 반죽처럼 층을 이루며 서서히 부풀어 오르기 시작했다. 첫 음이 사라질 때쯤 다른 음이 겹치며 소리는 더욱 깊어졌다. 마치 오래된 우물 안으로 허리를 반쯤 접어 넣고 받침에 이응이 들어간 말들, 이를테면 멍멍, 붕붕 같은 단어들을 외치면 금세 듣기 좋게 부풀어 올라오던 소리와 닮아 있었다. 나는 의자 등받이에 몸을 기댄 채 눈을 감았다. 라파엘라의 서툰 연주는 기도처럼 나지막하기도, 고해처럼 엄숙하기도 했다. 라파엘라는 라파엘을 한국으로 데려가지 않고 그가 몸담았던 성당의 묘역에 묻었다. 장례가 끝나고 모든 이들이 돌아간 뒤에도 라파엘라는 혼자 묘역에 남았다. 짧은 생몰연대가 새겨진 라파엘의 묘비를 앞에 두고 잠시 서 있는다는 게 정신을 차리고 보니 이미 해가 져 있어서 스스로도 깜짝 놀랐다고 라파엘라는 말했다. 그리고 거기서 라파엘라는 돌아가지 않기로 결심했다고 했다.

　나는 라파엘라의 오르간 수업이 끝날 때까지 기다렸다가 인적이 드문 가까운 길을 골라 함께 걸었다. 짧은 시간이었다. 저녁 미사에 맞춰 성당 앞으로 돌아온 우리는 특별한 작별 인사도 없이 헤어졌다. 다만 내가 연락처 줄까, 하고 한 번 물었고 라파엘라가 느릿하게 고개를 가로저었을 뿐이었다.

　승선장에서 헬렌은 아쉬움 가득한 얼굴로 나를 꽉 껴안고는 가볍게 흔들었다. 한 뼘이나 더 큰 헬렌의 품에 아이처럼 매달린 모양새로 나는 그녀의 등을 부드럽게 쓸어주었다. 괜찮다는데도 짐을 선실까지 옮겨준 헬렌은 승선장 앞에 서서 배가 움직일 때까지 긴 팔을 크게 흔들어주었다. 발목까지 깡총한 쥐색 바지가 바람에 나풀거렸다. 나는 눈물이 왈칵 쏟아질 거 같아 돌아가란 손짓을 하고는 문 뒤로 슬쩍 물러섰다. 그때 주머니 안쪽에서 폰이 울렸다. 라파엘라의 가출을 알려줬던 동창이 보낸 문자였다.

　—글쎄 라파엘라가 지금 유럽에 있댄다. 남편이 어떻게 알아낸 모양이야. 연락하는 동창이 있나 싶어 여기저기 물어보고 있나 봐. 본 애들이 그러는데 라파엘라 없어지고 걔 남편 얼굴이 반쪽이 됐다더라. 딱해서 어쩐다니.

　메일 주소라도 받아 둘 걸 하고 후회했지만 이미 늦은 일이었다.

　—유럽 하니까 딱 네 생각이 나지 뭐야. 세희야, 혹시 거기서 보거나 들은 거 없니?

　가슴 한편이 서늘했다. 예상 못한 일도 아니었지만 생각보다 빨랐다. 라파엘라의 남편이 작정하고 찾기 시작하면 넓은 유럽이라 해도 결국엔 꼬리가 잡힐 터였다. 아니, 몰라, 글쎄 등등의 단문을 쓰고 지웠다를 반복했다. 본 것도 없고 들은 말은 더더욱 없으며 곧 돌아갈 예정, 이라고 길게도 써봤지만 역시 지워버렸다. 이어질 동창의 질문을 덤덤하게 쳐낼 자신이 없었다. 빈 메시지 창을 닫았다. 그리고 폰의 전원 버튼을 길게 눌렀다.

　데크로 올라갔다. 유람선은 이미 승선장에서 멀어져 있었다. 몇몇 관광객이 강바람을 맞으며 사진을 찍고 있었고 강에서 산 위 요새로 이어진 케이블카가 아침볕에 초파일 연등처럼 반짝이고 있었다. 고요하고 평화로운 아침이었다. 브이

자를 그리며 물길을 가르던 유람선의 뱃머리가 막 도이치 에크를 지나고 있었다. 독일의 모퉁이란 뜻인 도이치 에크는 두 개의 강이 하나로 모이는 두물머리 같은 곳으로 삼각형 모양의 뾰족한 광장이었다. 밑변 쪽에 위치한 거대한 빌헬름 2세상의 왼쪽으로 모젤강, 오른쪽으로는 라인강이 흐르고 있었다. 마인츠에서 출발한 유람선은 본류인 라인강을 따라 로렐라이 언덕과 수많은 고성을 지난 뒤 쾰른에 도착하게 될 것이다.

유람선의 맞은편, 모젤강 쪽으로 한 여자가 보였다. 갈색의 긴 트렌치코트를 걸치고 진갈색 페도라를 눌러쓴 여자는 주머니 깊숙이 손을 찔러 넣은 채 에크 쪽으로 느린 걸음을 옮겼다. 시선은 발치에 머물러 있었다. 라파엘라였다. 나는 반가움에 본능적으로 손을 들었다가 스르르 내리고 말았다. 에크와 배의 간격이 서서히 좁혀졌다. 에크의 꼭짓점에 먼저 다다른 라파엘라가 라인강을 바라보았다. 곧이어 유람선이 에크를 왼쪽으로 두고 본류인 라인강으로 빠져나가기 시작했다. 에크에 서있던 독일 청년 서넛이 일제히 유람선을 향해 휘파람을 불며 손을 흔들었다. 응답하듯 뱃고동이 길게 울렸다. 소리를 쫓아 유람선 쪽으로 고개를 돌린 라파엘라와 시선이 부딪친 건 그때였다. 배는 이미 빠르게 움직이고 있었고 우리가 서로를 바라본 건 아주 잠깐이었다. 라파엘라가 페도라를 살짝 추켜올리며 나를 바라보았다. 그리고 난간에 올렸던 오른손을 거둬 왼 손목에 걸린 묵주를 부드럽게 돌리기 시작했다. 그 순간 나는 라파엘라가 나를 기억하고 있음을 확신했다. 샬라 앞에서 기다릴 때도, 성당 앞에서 헤어질 때도 라파엘라는 묵주를 만지고 있었다. 성과 이름은 잊었다 해도 묵주의 기억은 쉽게 끊어지지 않았을 터였다. 나는 소실점으로 사라질 때까지 에크를 바라보았다. 그리고 이 도시가 부디 라파엘라의 은거지가 되기를 바랐다.

*

라파엘라에게 묵주를 보내고 약 보름쯤 지나 택배 하나를 받았다. 독일에서 온 것이었고 라파엘라에게 보냈던 상자와 같은 크기였다. 상자에는 독일어 스탬프가 큼직하게 찍혀 있었다. 그리고 그 옆에 붉은 펜으로 수취인 불명이라고 쓰여 있었다.

ch 41

ch 41

흑백 화면 속에서 조랑말이 달리고 있다. 조랑말보다 작은 기수의 엉덩이가 안장 위에서 불규칙적으로 들썩인다. 조랑말은 멈추지 않고 기수는 지치지 않는다. 앞만 보고 거침없이 달린다. 고정된 카메라가 풀 샷으로 이들의 질주를 지켜본다. 기수의 입이 함박 벌어지며 목구멍 너머 사과심 같은 목젖이 보인다. 환한 웃음이다.

화면에서 눈을 뗀 윤주는 비닐장갑을 한 쪽씩 벗어 볼 가장자리에 걸쳤다. 유리 볼에는 빚다 만 밥이 남아 있고 접시에는 꼬마 주먹밥이 소담하게 담겨 있다. 잘게 썬 오이와 당근, 파프리카가 알맞게 섞인 주먹밥은 알록달록한 탱탱볼 같다. 윤주는 주먹밥을 하나씩 깨소금이 담긴 접시 위로 가볍게 굴린 다음 잘라둔 김으로 주먹밥의 허리를 둘렀다. 고소한 냄새가 집 안을 감돌았다. 윤주는 거실을 가로질러 베란다로 난 유리문을 열었다. 볕이 비껴든 귀퉁이에서 월마는 정수리부터 누렇게 시들고 있었다. 뾰족한 이파리가 잔바람에 흔들렸다. 아주 키우기 쉬운 식물입니다. 햇빛, 바람, 물만 있으면 쑥쑥 큽니다. 어린애들처럼요. 애, 키우시죠? 남자가 월마를 골라주며 물었다. 2주에 한 번씩 트럭 가득 화분을 싣고 와 아파트 입구에서 난전을 펴는 남자였다. 시든 월마 옆으로 빈 화분들이 즐비했다. 건조대에 일렬로 걸린 와이셔츠를 밀어 한쪽으로 젖힌 뒤 윤주는 베란다 창을 열었다.

우와. 우와아.

소리가 폭죽처럼 치솟았다. 윤주는 난간을 붙잡고 아래를 내려다보았다. 1, 2호 라인 뒤편으로 놀이터가 보였다. 시소두 개, 그네 세 개와 미끄럼틀 그리고 시소 너머로 네 개의 플라스틱 목마가 횡렬로 늘어선 작은 놀이터였다. 통칭 목마라고 부르지만 말이라고 부를 수 있는 건 맨 끝의 노랑 조랑말 하나뿐이었다. 나머지는 초록 애벌레, 분홍 나비, 파랑 돌고래였다. 세 살이나 됐을까. 아이는 유독 노랑 조랑말을 좋아했다. 달릴 수 있는 건 조랑말뿐이라는 걸 이미 알고 있는 것처럼. 비어 있는 목마를 두고도 아이는 조랑말 자리가 날 때까지 주위를 맴돌며 무던히 기다렸다. 윤주는 아이의 그

똥고집이 사랑스러웠다. 그리고는 한번 말에 올라타면 해가 넘어가고 바지의 엉덩이 부위가 만질만질해질 때까지 아이는 쉬이 지치지 않았다. 턱까지 야무지게 잡아 내린 모자의 고무줄 바깥으로 토실한 살집이 삐져나왔지만 작은 기수는 전혀 개의치 않았다.

윤주는 거실의 텔레비전으로 고개를 돌렸다. 놀이터의 작은 기수는 화면 속에서도 변함없이 달리고 있었다. 흑백 화면 위로 색과 소리가 포개졌다. 벌어진 입술 위로 아이의 웃음소리가 입혀졌고, 무채색의 면티와 반바지 위로 본연의 색이 살아 올랐다. 모자는 노랗게, 퍼프소매 티는 파랗게, 찍찍이 운동화는 보라색으로. 윤주는 아이를 향해 손을 뻗었다.

조윤주 님.

진료실에서 나온 간호사가 맞은편 대기석을 향해서 외쳤다. 윤주는 가볍게 손을 들어 보이고는 아이를 향해 손을 내밀었다. 소파에 앉아 소시지를 먹던 아이가 말똥한 얼굴로 윤주를 올려다보았다. 바닥에 닿지 않아 붕 뜬 두 다리가 대롱거렸다. 윤주는 허리를 굽혀 소시지를 다른 손으로 옮겨 주고는 아이의 오른손을 잡았다.

들어가자.

아이는 배부터 밀어내며 의자에서 내려왔다. 양쪽 볼이 다람쥐 볼처럼 불룩했다. 윤주가 볼을 가볍게 건드리자 아이가 부러 그러는지 냠냠, 소리를 냈다. 위층 소아과의 간호사가 준 소시지였다. 주사를 맞기도 전에 울기부터 하는 아이 앞에서 신참 간호사는 어찌할 줄 몰랐다. 급한 대로 제 주머니의 간식을 털어 쥐어주고는 그 틈을 타 간신히 주사를 놓았다.

많이 불규칙하세요?

의사는 차트에 시선을 둔 채 물었다.

그러게요. 한 일 년 전부터 들쑥날쑥하더니…… 이번 달은 넉 달째인데도 아직 소식이 없네요.

윤주는 책상 위에 비스듬히 놓인 탁상 달력을 보며 말했다. 의사는 고개를 들어 윤주와 아이를 번갈아 보았다.

임신, 아닌 건 아시죠?

윤주는 물론이라는 듯 고개를 끄덕였다.

조기 폐경이 의심되는데요.

의사는 책상 위로 팔꿈치를 올리며 손을 맞잡았다. 그리고 아이를 향해 빙긋 웃어주었다.

미혼이라면 문제지만 조윤주 님은 결혼도 하셨고 아이도 있으니 큰 걱정은 없겠네요.

윤주는 아이를 돌아봤다. 아이는 소시지의 껍질을 벗기지 못해 애를 먹고 있었다. 손을 뻗어 비닐을 벗겨 주려는데 손끝이 가늘게 떨렸다. 폐경. 아무래도 상관없다고 생각했는데. 설명하기 어려운 감정에 스스로도 난감했다. 코앞에서 놓친 막차. 혼자만 타지 못한 엘리베이터. 어느 편에도 끼지 못하는 놀이의 깍두기.

둘째 계획 있으세요?

네? 그게…….

윤주는 말끝을 흐렸다.

문제는 자궁에 있는 근종인데요. 좀 커요. 단순 물혹일 수도 있지만 검사 결과에 따라 제거 수술이나 자궁 적출까지도 염두에 두셔야 해요.

윤주는 무어라 대답하지 못하고 머뭇거렸다. 1년 전 검진을 통해 근종이 몇 개 있다는 건 이미 알고 있었다. 그때는 크기가 작아 수술까지 가진 않았었다. 아이가 윤주의 손목을 슬며시 잡더니 빈 소시지 껍질을 내밀었다. 마신따. 아이는 만족스러운 얼굴로 가볍게 손을 털었다.

귀여운 딸이네요. 엄마를 많이 닮았어요.

의사의 말이 끝나자마자 아이가 윤주를 돌아보며 도돌이표처럼 음, 마를 내뱉었다.

우리 딸은 엄마를 참 많이 닮았어.

아버지의 혼잣말에는 그리움과 걱정이 반반씩 섞여 있었

다. 얇은 점퍼 자락에 찬바람을 묻혀 들어온 아버지의 양 손에는 케이크 상자와 빵집 봉투가 들려 있었다. 봉투 안에는 소보로빵, 팥빵, 크로켓부터 비싼 카스텔라까지 온갖 빵이 기준 없이 들어 있었다. 때 아닌 초콜릿 케이크까지 더해져 풍성한 식탁 앞에서 신난 윤주와는 달리 아버지의 표정은 촛불처럼 일렁였다.

이모한테 들었어. …… 다 컸다. 우리 딸.

응? 뭘?

윤주는 야채 크로켓을 한 입 베어 물고는 입가에 묻은 튀김가루를 털어냈다.

네 엄마가 있었으면 잘 챙겨줬을 텐데……. 아빠는 잘 몰라.

순간 윤주의 양 볼이 붉어졌다. 윤주는 먹다 만 크로켓을 식탁 위에 툭 내려놓고는 방으로 내달렸다. 문을 잠그고 침대에 걸터앉았다. 크로켓을 마저 씹어 넘긴 뒤 윤주는 책상 맨 아래 서랍을 열어보았다. 서랍 안은 생리대로 가득했다. 낮에 이모가 사다 준 것이었다. 생리대를 채워 넣으며 이모는 한 달에 한 번, 양이 많으면 자주 갈아주고, 일주일 가까이 등등의 말을 늘어놓았다. 그리고 슬쩍 눈가를 훔쳤다. 이제 5학년인데. 엄마를 닮아 윤주, 너도 월경이 빠르구나, 란 말을 보탰던 것도 같다. 월경. 뭔가 부끄러우면서도 본능적인 자부심이 느껴지는 단어였다. 월경? 윤주가 되묻자 이모는 돌아앉으며 그래, 엄마가 될 수 있다는 신호. 네 엄마가 너를 낳은 것처럼. 이모가 그 말을 안 했더라면 참 좋았을 거라고 윤주는 두고두고 생각했다. 윤주는 서랍을 닫고는 그대로 책상에 엎드렸다. 엄마는 첫아이인 윤주를 낳다가 죽었다. 과다 출혈로 인한 쇼크사였다. 큰 병원으로 향하던 구급차 안에서 엄마는 숨을 거뒀다. 윤주는 덜컥 겁이 났다. 엄마의 제사상 앞에서 생일 케이크를 맛있게 먹던 철없는 나이는 훌쩍 지나 있었다. 어쩌면 엄마처럼 죽을지도 모른다는 두려움이 엄습했다. 아이 낳다 죽을지도 몰라. 난 엄마를 많이 닮았으니까. 그 후로 윤주는 월경이 시작될 때마다 악몽을 꾸었다. 꿈에서 깬 이불을 들치면 매번 요 위로는 핏자국이 번져 있었다. 식은땀을 흘리며 젖은 수건으로 핏자국을 지울 때마다 윤주는 막연한 두려움에 몸을 떨었다. 결혼의 조건으로 딩크족을 내건 윤주에게 남편은 극복할 수 있다면 트라우마가 아니겠지, 라고 말하며 고개를 끄덕였다.

오전과 오후가 맞물리고 있었다. 정오의 마트는 한산했다. 천장 쪽 곁창으로 비쳐 든 볕이 바닥으로 조각째 떨어졌다. 쪽볕 아래 세워둔 카트 안에서 아이는 잠들어 있었다. ATM기를 쓰는 몇 분 사이의 일이었다. 몸을 동그랗게 말고 고개를 모로 떨군 채였다. 신규 화장품 코너에서 받은 풍선이 아이의 배 위에서 숨결을 따라 오르내렸다. 윤주는 아이의 동그란 머리를 들어 바로 세웠다. 불편한 자세임에도 아이의 쪽잠은 깊었다. 윤주는 손을 뻗어 빛 속에 담긴 아이를 더듬었다. 갈래머리와 동그란 이마, 통통한 입술과 볼록한 배, 작은 발까지.

그날 윤주는 채널을 이리저리 돌리며 H홈쇼핑을 찾고 있었다. 거의 보지 않는 텔레비전이라 채널을 찾는 데도 한참이었다. 친구의 전화를 받고 난 직후였다. 석류에 여성 호르몬이 그렇게 많대. 생리 불순이란 윤주의 말을 친구는 흘려듣지 않고 기억하고 있었다. 친구의 말대로 H홈쇼핑에서는 석류 엑기스 판매가 한창이었다. 빨간 립스틱을 바른 여성 쇼핑 호스트가 붉은 석류가 그려진 엑기스 봉지를 들고 직접 시음 중이었다. 오늘 이 시간 주문자에 한해 원 플러스 원의 파격 구성이라는 말도 잊지 않았다. 윤주는 호스트의 과장된 몸짓이 영 불편했다. 생리가 끊긴다고 당장 어떻게 되는 것도 아니고. 그냥 석류나 몇 개 사 먹고 말지 싶어 윤주는 채널을 돌렸다. 피임은 했지만 혹 임신일까 싶어 테스트기도 두 번이나 해봤지만 아니었다. 윤주의 나이, 아직 마흔둘이었지만 가임기의 절정을 지난 지 오래였다. 한두 번 피임에 실패했다고 더는 가슴을 졸이지 않아도 될 만큼 자연 임신이 자연스럽지 못한 나이였다.

무심히 채널을 돌리던 윤주의 손이 멈췄다. ch 41. 흑백 화면이었다. 볼륨을 키워봤지만 음은 소거된 상태였다. 카메라는 놀이터를 향해 비스듬히 고정되어 있었다. 어딘가 낯에 익었다. 화면을 유심히 살피던 윤주는 베란다 창을 보았다. 그곳은 윤주가 사는 아파트 내에 있는 놀이터였다. 놀이터에 설치된 CCTV가 각 세대의 텔레비전과 연결되어 있어 집에서도 놀이터의 아이를 지켜볼 수 있게 만든 시스템이었다. ch 41은 연결 채널이었다. 세상 참 좋아졌네. 혼잣말을 하며 윤주는 화면 속 유일한 움직임에 시선을 두었다. 여자 아이 하나가 홀로 조랑말을 타고 있었다. 흑백 화면 속에서 아이는 유일한 생기였다. 돌올한 아이의 이미지가 그대로 떠올라 윤주를 흔들었다. 그때 아이에게 왜 그렇게 쉽게 마음을 뺏길 수 있었는지, 후에 윤주는 곰곰이 생각해본 적이 있다. 아마도 그것은 윤주 내에서 일어나지만 자각하기는 쉽지 않았던, 자연소멸에 다다른 생식과 번식의 본능을 일깨우는 라스트 콜이었을지도 모른다.

그 후로 윤주는 습관적으로 ch 41을 보았다. 아직 어린이집을 다니지 않는지 아이는 하루의 대부분을 놀이터에서 보냈다. 말을 타고 시소를 흔들고 그네를 잡아당기고 미끄럼

틀을 오르내리는 아이의 움직임에는 힘이 넘쳤다. 혼자서도 잘 웃고 넘어져 뒹굴다가도 발딱 일어났으며 시종 잘 뛰었다. 어느 날 윤주는 아파트 뒤로 난 오솔길을 따라 놀이터로 가보았다. 손에는 큼직한 석류 서너 개가 든 봉지가 들려 있었다. 입구 쪽 귀퉁이에 설치된 CCTV가 윤주를 지켜보았다. 놀이터는 비어 있었다. 아이는 없었다. 아쉬운 마음에 조랑말의 날개를 쥐고 가볍게 흔들자 용수철이 튀어 오르며 조랑말이 앞뒤로 출렁거렸다. 윤주는 벤치에 앉아 홀로 달리는 조랑말을 멀거니 바라보았다. 선명한 개나리색 조랑말의 눈동자가 별 모양으로 반짝였다. 그때 인기척이 들렸다. 고개를 돌리자 오솔길 끝으로 아이가 보였다. 불안한 뜀박질이었다. 마치 자신을 향해 달려오는 것만 같아 윤주는 자리에서 벌떡 일어섰다. 저도 모르게 아이를 향해 두 손을 뻗었다. 하지만 아이는 윤주에게 시선조차 주지 않고 조랑말 쪽으로 내달렸다. 몇 걸음 늦게 따라온 중년 여인이 아이의 엉덩이를 받쳐 안장 위로 올려주었다. 아이는 엉덩이를 들썩거리며 달리기 시작했다. 윤주는 민망함에 손을 거뒀다.

아예 저 조랑말을 떼 가든가 해야지. 저리 좋을까.

중년 여인은 들고 나온 아이의 점퍼를 개키며 윤주 옆에 앉았다.

할머니신가 봐요?

나요? 아녜요.

중년 여인이 손사래를 쳤다.

옆집 애예요.

아…….

백일 갓 지나서부터 봐줬으니 손주나 매한가지긴 하죠.

중년 여인은 아이에게서 시선을 떼지 않은 채 말했다. 아이는 옆집에 산다고 했다. 맞벌이 하는 아이 부모의 부탁으로 3년째 아이를 돌봐왔는데 다음 달에 이사를 가야 해서 서운한 마음뿐이라고 덧붙였다. 아직 마땅한 사람을 구하지 못해 걱정이라는 말을 듣고 있던 윤주가 고개를 들어 아이를 바라보았다. 햇살 속의 아이는 마치 홀로그램 같아서 손으로 잡으면 사라질 것처럼 투명했다.

아이는 윤주를 좋아했다. 아이의 집에 처음으로 갔던 날 윤주가 아이에게 내민 말 인형 덕일지도 몰랐다. 말 인형의 배를 누르면 울음소리가 났다. 이힝이힝. 깜짝 놀란 아이가 눈을 동그랗게 뜨고 엄마를 돌아봤다. 아이의 엄마는 아이와 마주 보며 차근차근 말했다. 강아지는 어떻게 울지? 멍멍. 소는? 음머. 잘 아네. 그럼 말은? 말은 어떻게 울까? 아이는 골똘히 생각하더니 주저 없이 이힝, 이힝이힝이라고 대답했다. 영리한 아이였다. 윤주가 아이 엄마와 이야기를 나누는 동안 아이는 쉼 없이 말의 배를 눌러댔고 거실에는 말 우는 소리가 가득했다. 아이 엄마는 출산과 육아 경험이 없다는 윤주의 말에 난색을 표했다. 옆 동 이웃인 건 마음에 꼭 들지만 육아 경험자를 쓰고 싶다며 정중하게 거절했다. 윤주는 교육학 전공임을 내세워 부족한 경험을 노련한 훈육으로 상쇄시킬 수 있음을 은근히 어필했다. 아이 엄마는 잠시 주저하더니 아이 아빠와 상의 후 연락을 주겠다 했고, 며칠 뒤 아이를 맡아주면 감사하겠다는 전화를 해 왔다.

애 싫어하는 거 아니었어?

퇴근한 남편이 난감한 표정으로 아이를 내려다봤다. 아이는 신중하게 9피스 퍼즐을 맞추고 있었다. 손에 들린 호랑이의 꼬리 조각이 제자리를 찾지 못하고 머리 주변에서 헤맸다.

동물을 키워보는 건 어때? 뭘 배워도 좋고.

싫어.

그럼 복직을 해. 나 때문에 그러는 거면 난 정말 괜찮아.

윤주는 아이 앞머리에서 덜렁거리는 리본핀을 바로 꽂아주며 남편의 말을 못 들은 척 넘겨버렸다.

6개월 전까지만 해도 윤주는 교재 전문 출판사에서 교재 개발 팀장으로 일하고 있었다. 10년 넘게 다닌 직장이었고 일에 대한 자부심도 있었다. 인사 이동으로 남편이 지금 살고 있는 도시로 발령을 받게 되면서 부부는 합의하에 주말부부를 시작했다. 하지만 채 6개월도 되기 전에 윤주는 휴직계를 내고 남편이 있는 곳으로 내려왔다. 안식년 휴가라고 윤주는 호기롭게 말했지만 한번 비우면 복직이 쉽지 않은 자리였다.

내년 초에 이민 간대. 몇 개월 안 되잖아.

윤주는 내켜하지 않는 남편을 설득하기 위해 없는 말까지 지어냈다.

잠에서 깬 아이는 잠시 투정을 부리더니 이내 쾌활해져서 카트 안에서 쉼 없이 종알댔다. 화장지 코너에서는 모든 티슈를 하나하나 손으로 짚으며 윤주를 돌아봤다. 그건 물티슈, 이건 롤티슈, 아니 그게 각티슈. 윤주의 대답을 몇 번씩 따라 하고 나서야 아이는 다른 코너로 눈을 돌렸다. 다소 귀찮기도 했지만 아이의 눈에 담긴 빛나는 호기심을 무시할 수 없었다. 흡수가 빠른 아이의 영민함에 교육학 전공자로서 느끼는 뿌듯함 또한 덤이었다.

식품 코너를 한 바퀴 돈 후 윤주는 시식 코너 앞에서 카트를 세웠다. 그리고 초록색 이쑤시개로 만두 조각 하나를 집어 아이의 입에 넣어주었다. 아이는 야무지게 씹어 넘기고는 참새처럼 입을 다시 벌렸다.

한 봉지 사세요. 애가 이렇게 잘 먹는데.

접시 위로 4등분한 만두를 내려놓으며 마트 직원이 말했다.

참 맛있게도 먹네요. 몇 살이에요?

세 살요.

세 살 전까지면…… 보통 개월 수로 말하는데.

직원이 찜통에 만두를 채워 넣으며 고개를 갸웃했다. 진열된 만두 봉지를 집어 올리던 윤주의 손이 멈췄다. 그쪽이 먼저 몇 살이냐고 묻지 않았느냐고 되받아치려다 그만두었다. 면접을 보던 날 아이 엄마는 아이가 26개월이라고 분명히 말했다. 하지만 윤주의 무의식에서 26개월이 세 살로 변환 인식되는 중에도 윤주는 그 미세한 차이를 알아차리지 못했다. 윤주의 귓불이 달아올랐다.

근데 딸이라 그런가. 많이 작네요. 잘 먹여야겠어요.

알 수 없었다. 별 뜻 없이 던진 직원의 어느 말에 윤주가 발끈했는지. 들었던 만두 봉지를 팽개치듯 내려놓고는 카트를 획 돌릴 만한 이유가 어디에 있었는지. 여전히 입을 앙 벌리고 만두 한 점을 기다리는 아이의 영문을 몰라 하는 눈동자를 마주치자 윤주는 마음이 서늘해졌다. 윤주는 유제품 코너로 카트를 돌렸다. 카트 안에는 평소의 윤주라면 사지 않았을 제품들이 들어 있었다. 아이가 예쁘다는 말에 활짝 갠 얼굴로 주워 담았던 유기농 크래커와 무농약 자몽 주스, 아이가 영리하게 생겼다는 말에 뿌듯한 마음으로 유통기한도 확인하지 않고 집어 들었던 열 개들이 어린이 요구르트를 제자리에 돌려 놓는 동안 윤주는 아이에게 시선을 주지 않았다. 카트 안의 아이마저 욕심으로 주워 담은 물건 취급하게 될까 두려웠다.

윤주가 남편의 손목을 잡았다. 서랍으로 손을 뻗던 남편이 고개를 돌렸다.

무슨 뜻이야?

윤주는 스르르 손을 풀었다.

왜 그래? 질색하잖아.

그래…… 아냐…… 꺼내. 써야지.

이번엔 윤주가 손을 뻗어 서랍을 열었다. 손바닥만 한 종이 상자를 꺼내 통째로 남편에게 건넸다.

가능하긴 할까…….

윤주는 맥락이 없는 혼잣말을 던졌다.

당신, 배란기야?

남편은 윤주의 봉긋한 가슴에서 손을 떼며 물었다. 남편의 등 뒤로 두 팔을 깊게 찔러 넣고 배를 맞댄 채 엎드려 있던 윤주가 고개를 들어 남편을 보았다. 몇 달째 밀린 생리가 끝난 지 이 주 정도 지나 있었다.

그거 알아? 당신이 원해서 할 때 굉장히 뜨거운 거.

내가?

남편은 윤주의 둔부를 살짝 꼬집었다.

아주 거칠어. 본능적으로.

윤주는 남편의 가슴팍에 뺨을 대고 엎드렸다. 콘돔을 찾는 남편의 손을 잡고 싶은 적이 가끔 있었다. 성욕이 강한 편이 아닌데도 제 스스로 먼저 남편의 옆구리를 파고든 적도 적지 않았다. 무의식적인 행동이었다. 성욕에 특별한 주기가 없는 남자와 달리 여자의 몸은 본능적으로 성욕의 주기를 안다. 그리고 그 주기는 번식의 시기와 맞닿아 있다. 그런 윤주의 본능을 남편은 예민하게 알아챘다.

지금이라도…… 가질까? 당신만 좋다면.

남편은 윤주의 머리칼을 부드럽게 쓰다듬었다. 윤주는 식은 몸 위로 이불을 당겨 덮었다. 부부는 지난 십육 년 동안 확고한 딩크족이었다. 가족과 지인들의 염려와 모르는 이들의 오지랖에 시달리기도 했지만 윤주와 남편의 생각은 변함없었다. 결혼 전부터 남편은 윤주의 뜻을 충분히 존중했고 결혼 생활을 하는 내내 아이를 갖는 문제로 속을 썩인 적도, 서운해한 적도 없었다. 사십 대에 들어서면서 부부의 생각은 더욱 공고해져서 평온무사의 일상에 몹시 만족하던 즈음이라 갑작스레, 그것도 자신에게 일어난 내면의 이 돌연한 균열이 윤주는 몹시 당혹스러웠다. 만약 둘 중에 하나가 파문을 일으킨다면 그것은 반드시 남편일 거라고 내심 자신까지 하고 있었다. 거세된 줄 알았던 본능이 의식의 강박 아래 불잉걸로 남아 있다 지금에 와서야 다시 살아난 상황에 대해 자신도 답하지 못했다.

남편이 윤주의 젖은 뺨을 더듬었다.

윤주야…… 당신, 괜찮아?

윤주는 남편에게서 떨어져 나와 그대로 돌아누웠다. 스탠드 불빛에 어룽진 벽지의 무늬를 손으로 더듬으며 윤주는 끝, 이라고 적었다.

아이 엄마는 나흘간의 연휴가 끝나고도 아이를 보내지 않았다. 아이 대신 온 건 전화였다. 짧은 침묵을 깨고 아이 엄마는 말했다. 더 이상 아이를 맡기지 않겠어요. 아이 엄마는 두괄식 화법을 사용했다. 논리적인 사람의 특성이었다. 목소리는 정중하지만 단호했다. 저희 애를 예뻐해주는 건 고맙지만 엄마 행세는 곤란합니다. 마트며 병원이며…… 모두 조윤주 씨를 엄마로 알더군요. 단 한 곳도 빠짐없이요. 제가 얼마나 민망했는지 아세요? 전공자라면서요. 아이에게 혼란을 주면 안 되죠. 수화기 너머로 아이의 재잘거림이 들렸다. 아이를 낳아보지 않은 분께 이런 말하기 그렇지만. 아마 말해도 잘 모르실 거예요. 별일 아닌 거에도 엄마 마음이란 게 그래요. 윤주는 깊게 한숨을 내쉰 뒤 알겠노라고 대답했다. 미안하단 말은 하지 않았다. 오해를 정정하지 않았을 뿐 결코 행세한 적은 없었다. 전화를 끊고 윤주는 아이가 포기한 퍼즐을 들여다보았다. 미처 완성하지 못한 호랑이 퍼즐이었다. 호랑이는? 야옹. 고양이는? 어흥. 아이는 작은 호랑이와 큰 고양이의 구분을 어려워했다. 그런 아이의 볼을 붙잡고 한 번쯤, 어쩌면 두 번쯤 으구구, 귀여워라, 우리 아기라고 부른 것도 같았다. 아이와 단 둘이 있을 때였다. 윤주는 호랑이 머리에 얹힌 꼬리 조각을 들어 잠시 만지작거리다 제자리에 끼워 넣었다.

아이가 사라진 오전은 늘어진 테이프처럼 난감했지만 윤주는 늘 그래왔듯 밀린 책을 읽었고 남편의 와이셔츠 몇 벌을 다렸으며 선물 받은 양지로 장조림도 만들었다. 재능 기부 중인 상담 사이트에 들어가 몇몇 고민에 답글도 올렸다. 무심결에 텔레비전을 켜고 채널을 돌려 새 보모와 노는 아이를 지켜보기도 했다. 아이는 예전처럼 다시 무음과 흑백의 세계로 돌아가 있었다. 왜 아이가 오지 않느냐고 남편이 물었지만 윤주는 대답 없이 싱크대 앞에서 밥그릇에 눌어붙은 밥알을 떼는 데만 집중했다. 조림을 하고 남은 국물에 잔멸

치와 마늘종을 살짝 볶아 밥에 비벼 먹은 뒤 윤주는 냉장고를 뒤져 하나 남은 석류까지 꺼내 먹었다. 몇 알 먹지도 않았는데 금세 손끝이 붉어졌다. 윤주는 석류알을 접시에 발라낸 뒤 빈 껍질을 들고 베란다로 나갔다. 과일 껍질을 흙 위에 올려두면 식물의 수분 유지에 도움이 된다고 들었다. 몇 주 전까지만 해도 그저 이파리 끝이 누렇기만 하던 윌마가 반신불수마냥 몸을 가누지 못하고 반쯤 무너져 있었다. 화분 아래 받쳐 놓은 대야의 물도 이미 바짝 말랐다. 빛은 저만치 물러나 있었고 바람은 창밖에 묶여 있었다. 윤주는 쪼그리고 앉아 고개를 떨군 윌마를 깨우듯 흔들었다. 레몬수 같은 풀내가 손에 묻어났다. 윤주는 두 손에 코를 묻고 숨을 깊게 들이마셨다. 그리고 윌마를 현관 쪽으로 내다 놓은 뒤 빈 화분들을 포개어 다용도실로 치웠다.

트럭에서 공터로 화분을 옮기던 남자가 윤주와 윌마를 번갈아 보며 혀를 찼다.

어쩌다가요.

남자가 윌마를 받아 들고는 속대와 뿌리를 꼼꼼히 살펴보았다.

뿌리는 아직 괜찮네요. 진작 들고 오시지.

……살까요?

살려봐야죠. 다음 장에 와보세요.

남자는 전지가위로 가차 없이 월마의 누런 잎을 쳐냈다. 바닥으로 죽은 이파리들이 떨어졌다.

……제 잘못이에요.

윤주의 침울한 목소리에 남자가 힐끗 돌아봤다.

그래도 포기하진 않았잖아요.

앙상한 줄기만 남은 월마 위로 남자가 흠뻑 물을 끼얹자 이파리 끝에 매달린 물방울이 낮 볕에 반짝였다. 마다하는 남자의 조끼에 몇천 원을 찔러 넣어 주고는 젖은 블록을 피해 걸음을 옮겼다. 해는 아직도 기울지 않고 있었다.

여자는 엄마 같기도, 엄마를 많이 닮은 윤주 같기도 했다. 머리카락 몇 올이 흐른 얼굴은 땀으로 얼룩져 있었다. 열린 눈동자 위로 형광색 빛이 쏟아졌지만 여자는 반응하지 않았다. 손끝과 발끝의 냉기가 온몸으로 빠르게 번졌다. 다급한 손길과 잰 발걸음 사이에서 끈적한 바람이 일었고 여자의 움켜쥔 주먹이 맥없이 풀렸다. 손바닥에 손톱자국이 깊게 패 있었다. 네 귀퉁이에서 팽팽히 당겨 올리는 시트 안에서 여자의 몸은 가벼웠다. 가랑이에서 흘러내린 선혈이 시트 위를 점령하듯 뒤덮었다. 바닥으로 핏물이 방울져 떨어졌다. 한 점이었던 핏물이 줄기로 변해 바닥을 흥건히 적시도록 여자는 의식을 찾지 못했다. 코끝으로 피비린내가 진동했고 멀리

서 사이렌 소리가 들려왔다. 점점 커지는 소리에 고막이 터질 것 같았다.

발작적으로 잠에서 깬 윤주는 허겁지겁 바짓가랑이 사이를 더듬었다. 그리고 이불을 들쳐 요를 살폈다. 바지도 이불도 모두 깨끗했다. 바지 속으로 손을 넣어 아랫도리를 훑었지만 팬티에는 습기조차 없었다. 윤주는 털썩 주저앉았다. 초경 이후로 매월 반복되는 꿈이었고 악몽을 꾼 후에는 반드시 생리가 터졌다. 하지만 이제 요의 핏자국은 보이지 않았다. 윤주는 손등으로 이마를 짚었다. 식은땀이 귓불로 흘렀다. 남편은 모로 누운 채 깊이 잠들어 있었다. 반쯤 벌어진 입술 사이로 낮은 숨소리가 흘렀다. 윤주는 맨발로 바닥을 디뎌 일어섰다. 카디건을 챙겨 거실로 나서자마자 울음이 터질 것 같아 윤주는 얼른 방문을 닫았다. 거실 깊숙이 들어찬 달빛이 윤주의 발목을 잡았다. 윤주는 선뜻 빛 속으로 나서지 못하고 한참을 서 있다가 어둠을 밟아 현관으로 향했다.

적막한 밤이었다. 윤주는 카디건을 당겨 여몄다. 겨드랑이 밑으로 교차한 두 손을 찔러 넣고 놀이터로 난 뒤안길을 걸었다. 머리 위 아치 골조를 따라 관상용 호박 몇 개가 매달려 있었다. 설익은 빛깔이 꺼진 알전구 같아 길은 더욱 어둡게 느껴졌다. 놀이터로 들어서자 얇은 슬리퍼 아래로 오톨도톨한 블록의 질감이 느껴졌다. 아이가 없는 놀이터는 패전국의 수도같이 어둠 속에 버려져 있었다. 윤주는 시소와 그네를 지나쳐 조랑말 쪽으로 걸었다. 반짝이던 눈이 어둠에 잠겨 조랑말은 잠든 것처럼 보였다. 아이의 토실한 엉덩이가 닿아 뜨뜻했을 조랑말의 등허리는 차가웠다. 보이시죠? 근종 개수도 문제지만 당장 수술이 필요한 게 몇 개 있어요. 위치도 문제구요. 윤주는 가만히 화면을 들여다보았다. 흑백의 화면은 무변광대한 우주와 다를 게 없었다. 부옇게 테두리만 드러난 혹들의 실루엣은 버려진 행성처럼 멀게만 보였다. 재발 방지 차원에서 아예 자궁 적출을 선택하기도 하죠. 조기 폐경까지 겹쳐 심적으로 난감하겠지만 긍정적으로 생각하세요. 말을 마친 의사가 볼펜의 양끝을 잡은 채 윤주를 바라보았다. 윤주는 왼손을 자신의 아랫배로 가져갔다. 배꼽 밑으로 봉긋한 속살이 느껴졌다. 한때는 빛과 바람과 물이 충만했던 그곳. 그곳을 영영 잃을 수도 있다는 게 윤주는 두려웠다. 윤주는 화단을 뒤져 잔돌을 주웠다. 풀숲에서 튀어나온 고양이에 놀라 몇 개를 흘리긴 했지만 손바닥 위에는 아직 두세 개가 남아 있었다. 윤주는 놀이터 가운데 서서 CCTV를 올려다보았다. 조랑말을 등진 자리였다. CCTV의 불빛이 규칙적으로 깜박였다. 주먹 안에서 공깃돌 부딪치는 소리가 났다. 윤주는 팔을 들어 올렸다. 그리고 힘껏 돌을 던졌다.

엘리베이터는 15층에 멈춰 있었다. 소아과가 있는 층이었다. 윤주는 내림 버튼을 누르고 몇 걸음 뒤로 물러났다. 차를 빼달라는 전화를 받은 남편은 먼저 내려가고 없었다. 가방에 넣어 둔 핸드크림이 보이지 않았다. 윤주는 번갈아 가며 마른 손을 비볐다. 아직은…… 아직은, 좀 그래. 주저하는 윤주를 바라보는 남편의 눈빛은 불안과 염려로 가득했다. 하지만 남편은 윤주의 선택을 존중했다. 근종 제거 수술은 사흘 뒤로 정해졌다.

소리보다 반 박자 늦게 도착한 엘리베이터 앞으로 한 걸음 다가서다 윤주는 우뚝 서고 말았다. 열린 문 안쪽에 아이 엄마가 아이의 손을 잡고 서 있었다. 눈에 먼저 들어온 건 아이였다. 아이는 좋아하는 캐릭터가 프린트된 점퍼를 입고 있었다. 못 본 새 자랐는지 한 단 접어 입던 소매가 이제는 접지 않고도 팔에 맞춤하게 맞았다. 윤주는 내심 아이와 눈을 맞추고 싶었지만 아이는 소시지를 먹는 데 정신이 팔려 있었다. 신참 간호사의 난감한 표정이 떠올랐다. 소시지를 좋아한다는 걸 안 후로 윤주도 간식으로 종종 챙겨주었다. 문이 닫히기 시작했다. 윤주가 한 걸음 뒤로 물러서는데 문이 도로 열렸다.

타시죠.

아이 엄마가 열림 버튼에 손을 올리고 윤주를 바라보았다.

먼저 가세요.

윤주는 아이 엄마의 어깨 언저리에 시선을 둔 채 말했다.

타세요.

아이 엄마가 아이의 손을 잡은 채 엘리베이터 안쪽으로 물러섰다. 내키지 않았으나 더는 사양하기도 어려웠다. 윤주는 가볍게 목례를 한 후 엘리베이터에 올랐다. 윤주가 문 앞에 서고 한 발 뒤쪽 가운데에 아이가 그리고 왼쪽으로 아이 엄마가 나란히 섰다. 윤주는 고개를 들어 내려가는 숫자에 시선을 고정했다. 숫자는 더디게 내려갔다.

일전엔 제가 좀 과민했어요.

아이 엄마가 말했다. 군더더기 없는 말투였다. 뜸을 들인다거나 말끝을 흐리지도 않았다. 문짝에 새겨진 매끈한 물결무늬 속으로 아이 엄마의 얼굴이 비쳤다. 뉘앙스만으로는 대꾸하기 곤란했다. 미안하다거나 사과한다는 말은 뒤따르지 않았다.

아이는 겨울 동안만 친정에 맡기기로 했어요. 내년부터는 어린이집에 보낼 계획이에요.

중간층에서 엘리베이터가 한 번 섰지만 열린 문 너머에는 아무도 없었다.

잘됐네요.

윤주는 닫힘 버튼을 눌렀다. 문이 닫히자 하강음과 함께 엘리베이터가 가볍게 흔들렸다. 현기증이 일었다. 미간을 찡

그리며 눈을 살짝 감았을 때였다. 소리가 들렸다.

냠냠.

아이가 내는 소리였다. 좋아하는 걸 먹을 때마다 보이는 아이의 버릇이었다. 특히 꼬마 주먹밥, 완숙 노른자, 딸기 요거트를 먹을 때면 아이는 흡족한 얼굴로 더욱 냠냠거렸다. 맛 평가에 인색하지 않은 아이가 윤주는 마냥 귀여웠다.

먹을 때 그런 소리 내는 거 아니야.

아이 엄마가 낮지만 단호한 목소리로 말했다. 알아들었는지 아이가 이내 조용해졌다. 엘리베이터가 거의 다 내려왔을 때였다.

음마.

아이가 갑자기 엄마를 불렀다. 윤주와 아이 엄마의 시선이 동시에 아이를 향했다. 아이는 반 넘게 먹은 소시지를 손에 들고 있었다. 작은 두 손으로 소시지의 밑동을 밀어 올려보지만 동작은 영 어설펐다.

햄을 안 먹길래 소시지도 싫어하는 줄 알았더니.

아이 엄마가 아이의 손을 놓으며 허리를 반쯤 접는데 아이가 손을 번쩍 들었다. 윤주와 아이 엄마의 시선이 다시 아이의 손을 쫓았다. 소시지를 든 아이의 손은 윤주를 향하고 있었다. 윤주는 허리를 곧추 세웠다. 아이 엄마와 눈이 마주쳤다. 아이 엄마는 헛웃음을 지으며 손을 거뒀다. 윤주는 아이를 향해 천천히 몸을 틀었다. 그리고 올려다보는 아이의 눈을 가만히 들여다보았다. 맑고 깨끗한 눈동자였다. 그 까만 눈동자 안에 든 자신이 보였다. 윤주는 손을 뻗어 아이가 내민 소시지를 받아 들었다. 아이가 기대에 찬 눈으로 발을 굴렸다. 윤주는 소시지의 비닐을 나선형으로 돌려 먹기 좋게 벗겼다. 그리고 흘리지 않도록 한 손으로 아이의 팔목을 잡고는 작은 손에 소시지를 들려 주었다. 소시지를 크게 한 입 베어 문 아이가 윤주를 향해 다람쥐처럼 부풀린 볼을 내밀었다. 윤주는 손을 뻗어 아이의 따뜻하고 보드라운 볼을 가볍게 튕겨 주었다. 아이의 볼이 분홍빛으로 빛났다.

볼리비아
우표

수신 : 정수현.

Calle Chuquisaca 445, Potosi, Bolivia

난데없고 어이없다. 너란 사람은.

10년 만에 보낸 엽서에 안부 인사도 없이 대뜸 한다는 말이.

—우표책, 네가 갖고 있지? 돌려줄래?

간결 담담한 너의 글은 꼭 너의 콧날을 닮았다. 두루뭉술한 여유도 없이 오뚝하게 솟아서 미끈하게 떨어지는 풀 마른 산기슭 같던 너의 콧날. 미끄러지던 뿔테안경이 간신히 너의 콧방울에 매달려 있을 때도 넌 추켜올릴 생각도 않고 그 너머로 글자를 읽어 내려갔지. 시력이 1.5인 네가 안경을 맞출

때 난 너의 그 복잡한 심사가 궁금했어. 투명한 눈으로 불투명한 유리알 너머의 세상을 들여다보던 너의 흔들리는 초점이 보이는 것만 같았다. 어쨌든 그 도수 없는 뿔테안경이 모범생이었던 너를 한층 더 돋보이게 한 것만은 틀림없어. 멀쩡한 시력을 가지고도 기어이 안경을 쓰려 하는 너를 엄마는 참 못마땅해하셨어. 하지만 밤색 테 안경을 쓴 너의 모습에 감탄하던 엄마의 얼굴이 선명하게 기억난다. 그래. 맞아. 내가 봐도 넌 안경 쓴 모습이 훨씬 보기 좋았으니까. 영국 신사 같았다.

  —열두 달을 영어로 말해봐라.

  기억하지? 아버지가 너를 데리고 온 첫날, 앉은자리에서 화살처럼 던졌던 이 질문. 얇은 외 쌍꺼풀의 허여멀건 얼굴로 고장 난 천칭처럼 한쪽 어깨를 축 늘어뜨리고 바닥에 시선을 내리꽂던 너. 너에게서 저만치 비껴 앉은 아버지가 담배를 태우며 던진 질문. 매캐한 연기 속에 식물처럼 앉아 있던 너. 고개를 들어 아버지와 같은 방향, 닫힌 대문을 내다보며 작지만 분명한 목소리로 말했지.

  —재뉴어리, 페브러리, 마치, 에이프릴…… 노벰버, 디셈버입니다.

  아버지가 재떨이에 담배를 비벼 끄고는 너를 바라봤지.

지금이야 유치원생도 다 아는 단어지만 이십 년 전만 해도 중학교에 들어가서야 영어공부를 시작하던 때니 열네 살 너에게 그럭저럭 어울리는 질문이었지.

　―본가에서도 말했다시피 나는 너를 공부시키기 위해 데려왔다. 아들 넷 중에서도 공부 잘하는 너를 시골에 그대로 두기 아까워하셨다, 형님께서는. 너도 알다시피 나는 자식이 지현이 저 아이 하나뿐이니 하나는 더 거둘 여력이 되고. 잘 먹이고 잘 입히지는 못해도 네 공부 뒷바라지는 그럭저럭 되리라 본다. 그저 너는 하던 대로 공부만 하면 된다. 남의 집도 아니고 네 작은집이다. 복잡하게 생각할 거 없다. 결국엔 널 위한 거니 그런 줄로 알고.

　듣는지 마는지 미동도 없이 앉아 있던 네가 고개를 들어 나를 돌아봤어. 무언의 동의라도 구하는 듯. 나는 부러 너의 시선을 맞받아쳤지. 무릎 위에 단정하게 놓여 있던 너의 하얀 손, 하얀 손목. 순간 너의 손끝이 파르르 떨렸을까 아님 바라보던 나의 눈꺼풀이 떨렸을까. 알 수는 없지만 분명 우린 둘 다 그 순간 깊고 긴 마음의 파동을 같은 진폭으로 느꼈음에 틀림없어. 그때부터 너는 내 삶에 포개지듯 겹쳐졌으니까. 그래서 난 네가 너무 싫었다.

　내 삶에 인터셉트하듯 미끄러져 들어온 너. 멋지게 공도 빼앗았지.

중2 정수현, 중1 정지현. 사촌에서 남매로 맺어지기엔 서열이 분명치 않았어 우린. 너는 1월생, 나는 4월생. 너를 오빠라 부르기엔 지난 13년 동안 당연히 네 이름을 부르던 나의 자존심이 허락지 않았지. 부모님은 남들에게 너를 지현이 오빠로 소개했지만 난 한 번도 널 오빠라고 부르지 않았어. 오로지 넌 정수현이었을 뿐.

전학 와서 치른 첫 중간고사에서 넌 전교 2등을 하며 양가 부모님의 기대에 한번에 부응했지. 네 덕분에 우리 엄만 학교 자모회 회장으로 뽑히는 영광까지 누렸고. 마술 모자의 비둘기처럼 등장한 너로 인해 잘난 아들을 둔 잘난 엄마가 될 수 있었던 거지. 사정을 모르는 사람들은 지현이 엄마보다 수현이 엄마로 부르며 우리 엄마의 어깨를 한껏 부풀려 올렸으니까. 당연히 반에서 2등도 못하는 내가 그 누구의 안중에 있었겠니. 중고등학교 내내 전교 1등만 했던 네 눈에 특히 내가 보이기나 했겠니.

진무 삼촌 기억하지? 우체국에 다니던 막내 외삼촌 말이야. 뭐, 너하고야 피가 섞이지도 않았으니 외삼촌이란 표현이 썩 어울리는 표현은 아니지만 달리 뭐라고 말하겠니. 삼촌이 결혼 전에 주말이면 늘 우리 집에 놀러 오곤 했잖아. 그때마다 꼭 우표책을 들고 와서 우리 앞에 펼쳐 놓고는 하나하나 자랑하듯 설명을 했지. 나는 귀 기울여 듣지 않았지만 넌 삼촌의 얘기를 아주 흥미롭게 들었지. 가끔은 질문까지 하면서. 우표에 대한 관심을 보이는 널 삼촌은 아주 예뻐했더랬지.

　―가로세로 2cm의 작은 그림 역사책을 보는 기분이랄까. 이건 79년, 제8회 세계 여자농구 선수권대회 서울 개최 기념우표. 79년이면 88올림픽 유치 운동이 절정이었을 때니 이 대회도 아마 올림픽 유치를 위한 하나의 수단이었겠지. 덕분인진 몰라도 어쨌든 우리나란 80년도에 올림픽 개최권을 따냈으니까 말이야. 이건 80년 한일 간 해저케이블 개통 기념. 영국과 프랑스 사이의 도버해협을 연결하는 해저터널처럼 언젠가 한일 사이에도 해저터널이 생기지 않을까. 그럼 해저터널 기념우표도 나오겠지. 역사가 이렇게 작은 크기의 종이 안에 기록된다는 게 신기하지 않니?

　삼촌이 펼쳐 놓은 우표들을 너는 꽤나 진지하게 바라보다 그중에 하나를 집어 들어 만지작거렸지.

　―사막 안 같지? 너무 하야니까. 사막이 된 바다야. 아주 오래전에 바다였는데 지반이 융기되면서 바닷물은 마르고 소금만 남아서 만들어진 사막이래. 이름이 뭐였더라. 어, 그래. 우유니 사막. 볼리비아에 있는. 멀긴 하지만 한 번쯤 가보고 싶은 곳이지. 바다가 사막이 되다니. 그 세월의 깊이가 느

껴지니?

마치 바다가 사막으로 변하는 영원과도 같은 시간을 헤아리듯 우표를 들여다보던 너. 네가 하도 조몰락거리니까 삼촌이 선물이라며 너에게 주었더랬지. 우표 한 장에 담긴 세상이 궁금해서였을까. 너는 그때부터 취미로 우표를 수집했어.

외삼촌은 기념우표가 나올 때마다 우편으로 너에게 보내주었고 그때만큼은 수학책 대신 우표책을 펴 놓고 진지하게 우표를 꽂아나가던 네 모습을 볼 수 있었어.

정수현.

네가 거기에 있을 줄이야.

돌아오지 않는 너로 인해 본가와 우리 집이 발칵 뒤집혔을 때 왜 난 너의 최종 목적지가 그곳이 될 거라고 생각하지 못했을까? 미처 바짝 마르지 못한 바다 위에서 서걱거리는 소금을 밟으며 사막의 끝을 바라보고 있을 너를 상상하기가 그리 어렵지도 않은데 말이야. 단 한 통의 전화도 없이 간간이 본가로 보내는 엽서로 너의 생존을 알아야 했던 가족들의 온갖 걱정과 염려 속에서도 난 네가 그다지 궁금하지 않았어. 나에겐 너의 상처가 크게 보이지 않았다. 오히려 네 앞에 펼쳐질 영광과 번영의 환호에 찬물을 끼얹고 싶었을 뿐이지. 알았던들 찾을 수나 있었을까. 넌 이미 먼 별과도 같은 먼 사막에서 결정으로 굳어버린 네 삶의 소금 알갱이를 찾고 있었을 테니 말이야.

　네가 고등학교에 입학하던 그해 봄, 넌 취미였던 우표 수집을 그만뒀어. 그만둘 수밖에 없었지. 우표책을 잃어버렸으니까. 네가 본가에 간 사이에 엄마는 너의 중학교 책을 정리했는데 그때 같은 책장에 꽂혀 있던 너의 우표책까지 휩쓸려 버려졌지. 네 방 어디에서도 찾을 수가 없었어. 본가에서 돌아온 네가 얼굴이 파랗게 질려서 책을 처분한 고물상으로 달려갔지. 무덤 같은 책 더미 사이에서 너의 중학교 교과서는 모두 찾을 수 있었지만 우표책은 끝내 찾을 수 없었지. 상심한 얼굴로 돌아와 텅 빈 책상 앞에 앉아 있던 너의 그 뒷모습이 분명히 생각나. 너는 그날 연한 하늘빛 셔츠에 짙은 바닷빛 스웨터를 입고 있었어. 바지는 갈색 코르덴 바지. 목이 긴 너에게 엄마는 항상 셔츠를 사서 입혔지. 좋다 싫다 말도 없었던 너. 생각은 있는 거야 없는 거야? 버럭 소리를 지르는 나를 바라보던 너. 네 눈 속에서 증발해버린 바다의 소금 결정과도 같은 진심을 캐내기엔 나도 너무 어렸어.
　우표책을 잃어버리기 얼마 전 설날 기억하니? 네가 고등학교에 수석 입학하던 그해 겨울 말이야. 중학교 내내 전교 1등을 하던 너는 모두의 기대와 예상대로 우등생들만 간다는 고등학교의 입학시험에서도 1등을 했지. 마치 너를 처음 데리고 오던 날 했던 아버지의 당부가 너의 역사적 사명이라도 되는 듯 넌 정말 충실하게 공부만 했지. 큰아버지와 아버지의 정치적 결탁은 꽤나 성공적인 셈이었어. 빠듯한 살림에 아들 넷 뒷바라지가 어려웠을 큰아버지는 아들이 없는 우리 집에 너를 양자로 보내 돈 들이지 않고 공부를 시킬 수가 있었고, 우리 아버지는 두 자녀 교육이 가능했던 공무원에 딸만 하나를 두었으니 너를 양자로 들여 공부시키며 제삿밥 올려줄 아들을 남도 아닌 조카 중에서 얻었으니, 너희 집과 우리 집 양쪽에 나름 윈윈 전략이었을 테지. 그래. 내가 봐도 나쁘진 않았다. 아들을 낳지 못해 제 구실 못 한 며느리 취급받던 엄마 입장에서도—이 무슨 조선 시대 이야긴지—남보다야 조카가 거두기 쉬웠을 거고 본가 어른들 앞에서도 당당해질 수 있었을 테니. 문제는 네가 너무 공부를 잘한다는 거였어. 1등만 하는 게 문제였지. 너로서는 최선이었겠지만 내가 볼 땐 최악이었다. 기어이 일은 그해 겨울, 설날에 터지고야 말았지.

축, 정수현 ○○고등학교 수석 입학

마을 입구에 높다랗게 걸려 있던 현수막은 길 양옆의 전봇대 두 개를 기둥 삼아 걸려 있어서 그런지 마치 개선문 같았어. 마을에 현수막을 걸었다는 말은 이미 들어 알고 있었지만 발표가 난 지 두 달이나 지난 그때까지도 걸려 있을 줄은 몰랐다.

　—쳇, 촌스럽게.

　내 비아냥과는 상관없이 너도 좀 민망했는지 귓불이 발갛게 달아올랐지.

　—집성촌이라 그런 거다. 한 핏줄이라 생각하니 모두 다 집안일처럼 기뻐하는 거고. 촌스러운 게 아니지.

　아버지의 말에 샐쭉해진 나는 괜스레 너를 흘겨보았지. 그 뒤로도 몇 달을 현수막은 솟대처럼 마을을 지키듯 걸려 있었다.

　음식 준비가 한창이던 늦은 오후였어. 네가 다녔던 초등학교의 교장 선생님과 면장님이 너를 보기 위해 큰집으로 찾아왔지. 마을의 자랑이 된 너를 그대로 두기엔 수석 합격의 영광이 너무나 컸을 테지. 네가 공부를 위해 도시의 작은집에 머무르는 걸로만 아는 교장과 면장은 본가 부모님의 손을 잡고 그간의 공을 치하하기에 바빴어. 고향을 빛낼 훌륭한 인물로 키워주기를 바란다며 너를 가운데 앉히고 본가 부모님과 교장, 면장이 함께 사진을 찍을 때 너는 보았니? 렌즈 뒤편에 어정쩡하게 서 있던 아버지를. 부엌 귀퉁이에 서서 잴 수 없는 표정으로 부침개 뒤집개만 만지작거리던 우리 엄마

를. 웃지 못한 사람은 너뿐만이 아니었단 걸 아냐고. 본가 부
모님, 아니 정확하게 너의 부모님만 웃고 있을 뿐 우리 부모
님, 나, 그리고 너조차 웃고 있지 못했었다고.

한바탕 해프닝이 끝난 뒤 내가 방에 들어갔을 때 넌 책상
앞 의자에 오도카니 앉아 있었지. 너의 등 뒤로 마지막 햇살
이 물들 듯이 쏟아지던 게 기억나는 거 보면 저녁 무렵이었
나 보다.

—우습다. 우스워.

넌 고개를 들어 나를 힐끗 바라보았지. 텅 빈 동굴과도 같
던 너의 그 두 눈.

—죽 쒀서 개 준다는 말 이럴 때 쓰는 거지?

—…….

—난 웃는 큰아버지, 큰어머니보다 네가 더 싫어. 그런 사
진 찍고 싶니? 그러고 싶어?

—나가 주라. 혼자 있고 싶어.

—너 우리 아버지, 엄마한테 제대로 아버지, 어머니라고 불
러본 적이나 있어? 너 중학교 3년 내내 매일 도시락 싸준 사
람이 어느 엄만데? 그 잘난 공부 하게 한다고 참고서, 문제집
사다 바친 사람이 어느 아버진데? 그 잘난 아들 자리 꿰차고
네가 한 게 뭔데?

—그만해.

—너 땜에 나는 뭔데? 큰어머니, 너희 엄마 걸핏하면 나한
테 수현이라도 있으니 지현이 네 자리가 생기는 거다. 친구
대하듯 하지 말고 꼬박꼬박 오빠라고 불러라. 몇 달 차이가
무섭다. 지현이 너보다 뭐든 안 낫나, 하면서 사람 끝까지 비
교하고. 그럴 거면 다시 데려가지 왜 우리 집에 둔대. 그 잘난
아들 뺏길까 봐 무서워 죽겠으면.

　정물처럼 꼼짝 않고 앉아 있던 네가 천천히 일어섰지. 석
양의 남은 빛을 그대로 받아서인지 너의 얼굴은 붉게 물들
어 있었지. 다짜고짜 쏘아대는 나의 왼팔을 붙잡고 너는 내
눈을 한참이나 뚫어져라 들여다보았어. 반짝거리던 뿔테안
경의 렌즈 속으로 보이던 너의 그 두 눈. 오래전 말라버린 우
물의 바닥처럼 너의 눈은 건조했어. 차라리 눈가에 물기라도
머금었음 나았으려나.

　—박쥐.

　—…….

　—박쥐 같은 자식.

　—…….

　순간 너의 눈 속에서 쩡하고 갈라지던 시선. 프리즘을 통
과한 색색의 빛처럼 사방으로 흩어지던 너의 눈빛. 쏟아지던
너의 그 눈빛을 난 그대로 받아들일 수 없었어. 나의 왼팔에
더해져 오던 너의 손힘에 어깨가 그대로 움츠려졌어. 나는

몸을 비틀었어.

—놔.

—다시 말해봐.

—놓으라고.

반대쪽으로 다시 몸을 비틀어봐도 너는 버티며 놓아주지 않았어. 오히려 잡은 손에 더 힘을 주었어.

—가. 꺼져버려.

견디다 못한 내가 너를 있는 힘껏 밀쳐버렸어. 픽, 한걸음 뒤로 기우뚱하는 너의 뒤로 툭, 하고 떨어지던 너의 안경. 멈칫한 나는 왼팔을 부여잡은 채 떨어진 안경의 자리를 찾아 돌아보았지. 너는 긴 두 팔을 늘어뜨린 채 석고상처럼 서서는 꼼짝도 하지 않았지. 붉게 달아오르는 콧등과는 다르게 창백해져가던 너의 얼굴.

정적과 고요 속에 그대로 서 있던 우리 둘 사이로 지나가던 그 어정쩡한 시간들.

개와 늑대의 시간이었을 거야. 저녁 어스름을 등에 지고 서 있던 너의 얼굴에서 흐르던 게 눈물이었는지 코에서 흐르던 피였는지 구별이 안 되었던 걸 보면. 굳이 구별하고 싶지도 않았다. 도망치듯 방문을 열고 나올 때 방바닥에 길게 늘어지던 너의 그림자를 껑충 뛰어넘어 난 달렸으니까.

정수현.

네가 있는 그곳을 지도에서 찾아봤어. 한 번에 가는 비행기도 없어 LA, 상파울루, 라파스를 거쳐 꼬박 하루를 보내야 다다를 수 있는 곳에 네가 있더라.

볼리비아. 볼리비아. 입안에서 동글동글 맴돌다 또르르 굴러가는 느낌의 발음이 나는 나라군. 인구 1,100만 명, 에스파냐어를 쓰고 라파스와 수크레, 두 개의 수도를 가진 나라. 두 개의 수도라. 흡. 너를 닮았군. 알고 간 거니? 행정수도 라파스와 사법수도 수크레. 볼리비아는 두 개의 수도 속에서 평화롭니? 너는 두 부모 사이에서 평온했니? 나는 너의 대답을 알 거 같기도 해.

내가 고1 때로 기억해. 부모님이 안 계신 주말 오후에 우리는 식탁에 마주 앉아 라면을 먹었지. 없으면 굶는 선비 같은 네 덕분에 내가 라면 두 개를 끓였지. 입 짧은 너는 먹는 둥 마는 둥 하더니 반 넘게 남기며 젓가락을 내려놨지.

―왜? 맛없어?

―맛있진 않네.

―난 맛있는데.

―맛없다곤 안 했어.

말장난 같은 너의 말투에 기분이 나빠진 내가 젓가락을 소리 나게 식탁에 내려놓고는 쏘아붙였지.

―넌 왜 말투가 그 모양 그 따위야?

―내 말투가 뭐.

―매사에 부정적이잖아. 재밌니? 재미없진 않아. 쉽니? 어렵진 않아. 좋으니? 싫진 않아. 이쁘니? 밉진 않아. 등등등 이런 식이야. 알고 있어?

―모르진 않았어.

황당한 내 표정 위로 네가 던지던 말.

―정지현. 넌 행복하니?

―뭔 소리야? 생뚱맞게.

―행복하냐고?

―무슨 질문이 그래? 유치하잖아.

―대답해 봐.

―…….

―행복하단 대답이 쉽게 안 나오지? 그냥 불행하진 않다는 대답이 적당하고 불편함을 덜어주지 않니? 뭐뭐하지 않다는 말엔 절반의 긍정과 절반의 부정이 공존하는 거 같아서 말이야. 뭐뭐하다라는 말은 무섭다. 백 퍼센트 인정하는 거 같아서.

딱히 반박할 말을 찾지 못한 나는 네 앞의 라면 그릇을 뺏어 개수대에 쏟아 부었지. 그렇게 내 언짢음을 나타낼 수밖에. 널 무슨 수로 이기겠니.

내가 지금 앉은 자리에서 삽으로 땅을 파고 들어간다면 너와 만날 수 있을까? 한국의 반대편, 대척점에 가까이 서 있는 너를 향해 지금 당장 묻고 싶다. 정수현. 행복하니? 불행하진 않니?

생각해본다면 우리 사이에 꼭 돌배처럼 떨떠름한 기억만 있었던 건 아니었어. 물론 좋은 기억을 끄집어내기까지는 시간이 걸릴 정도로 너와 나는 물과 기름처럼 겉돌기만 했었지. 지금에 와서야 치기 어린 질투와 시기에 씁쓸한 웃음이 먼저 나긴 하지만 나도 그때는 방향타를 놓친 배처럼 표류하던 때였어. 네가 때로는 좌초된 배처럼, 때로는 순풍에 가벼운 배처럼 머무르거나 나아갈 때 나는 격랑 속에 휩쓸린 듯 몸부림치며 그 시절을 보낸 거 같아. 너에 대한 반발심이 나의 반항심을 키워준 건지도 모르지. 굳이 변명을 한다면 말이야.

내가 고등학교에 들어간 해였던 거 같다. 정확하진 않아. 그날은 예고도 없는 폭우로 단축 수업이 있던 날이었어. 아이들은 이른 하교에 신나서 재잘거렸지만 나는 빗속을 뚫고 집에 갈 생각에 짜증부터 났지. 집에 전화를 걸어도 아무도 받지 않았어. 걸어서 10분 거리라지만 우산 없이 뛰다가는 홀딱 젖을 게 분명했어. 별수 있었겠니. 운동화 끈을 고쳐

매고 급한 대로 비닐봉지로 가방만 덮어씌운 채 교문 밖으로 나섰지. 우산도 없이 우왕좌왕하는 친구들 사이에서 스타트의 순간을 노리고 있을 때였어.

　—지현아. 저기. 널 보고 있는데.

　친구가 문방구 쪽을 턱으로 가리켰어. 처마 끝으로 떨어지는 빗물을 우산으로 받아내며 서 있던 너. 반가운 맘이 잠깐 들었지만 내색하기 싫어서 바로 입꼬리를 내렸지.

　—누구? 남자 친구? 오호. 정지현.

　—사촌이거든.

　신경질적인 내 대답에 머쓱해하는 친구를 뒤로하고 나는 너의 우산 아래로 달려 들어갔지.

　—엄마 집에 없던데?

　—안 계셔.

　—내 우산 줘.

　—이게 전분데.

　—뭐? 우산 갖다 주려고 온 거 아니야?

　—하나면 되지 않나. 제법 큰데.

　어이없어하는 나를 보며 너는 그게 무슨 문제라도 되냐는 밋밋한 표정으로 우산을 뱅그르르 돌렸지.

　—마중 나오면서 달랑 우산 하나뿐이라는 게 말이 돼? 너란 애 참.

—더 쏟아지는 거 같아. 얼른 가자.

—근데 우산 쓰고 왔으면서 왜 이렇게 젖은 거야?

네가 입은 짙은 남색 셔츠의 어깨 양끝이 이미 비로 흠뻑 젖어 있었어. 빗속을 급하게 달린 사람처럼.

—옷 갈아입을 시간은 있었나 보지.

카키색 바지의 밑단까지 흥건히 젖어 있는 걸 보면서도 너에게는 왜 뾰족한 말밖에 하지 않았는지. 지금의 내가 그때의 너에게 고맙단 말을 한다 해도 시공간을 넘어서지 않는 이상 전해질 수 없다는 걸 알아. 여전히 지금의 나는 너에게 보드라운 말을 쉽게 하지 못해.

비는 강약중강약으로 리드미컬하게 쏟아졌어. 쪼개진 먹장구름 사이로 슬쩍 보이는 파란 하늘이 이 비가 곧 그칠 거라는 힌트만 줄 뿐이었지. 횡단보도 앞에서 우산을 뒤로 젖히고 하늘을 힐끗 올려다보던 너의 안경 위로 툭 떨어지던 빗방울. 검지로 안경의 빗물을 닦아내던 네가 큭큭거리며 웃는 나를 신기한 듯 돌아보았어. 그러더니 갑자기 내 팔을 잡아끌고 방향을 돌려 걷기 시작했어.

—집에 안 가?

—가볼 데가 있어.

—어딘데?

너는 내 책가방을 뒤에서 받쳐 밀어 나를 앞장세웠고 나는 떠밀려 가면서도 너의 빗물 떨어진 안경이 우스워 쉽게 웃음을 멈추지 못했어. 흰 운동화 위로 튀어 오르던 흙탕물마저 그리 불쾌하지 않았던 걸 보면 나는 꽤나 유쾌했었나 봐.

네가 데리고 간 곳은 동네 뒷산으로 이어지는 산기슭의 작은 공원이었어. 주로 쓰는 등산 진입로가 아니었던 탓에 사람들의 왕래가 적은 곳이었어. 해가 온전히 들지 않는 곳인지 나무들이 하늘을 향해 쭉쭉 뻗어 울창한 숲에 들어온 기분마저 들었어. 집 한 채 정도의 터에 나무 벤치 두세 개가 전부라 공원이라고 부르기도 애매했지만 길가에는 공원 표지판이 분명히 걸려 있었어. 그사이 비는 거의 그쳐 나는 우산 아래서 나와 정자 처마 밑으로 들어갔지. 시골집의 긴 툇마루에 지붕만 얹은 특이한 모양새의 정자였어. 너는 운동화를 벗고 나무가 우거진 쪽의 마루로 올라가 앉았어. 나는 마루에 삐딱하게 걸터앉아 한쪽 다리를 건성으로 흔들어댔어. 젖은 풀내가 좋았던 기억이 나.

—너도 올라와.

—싫어. 신발 다 젖었단 말야.

너는 안경을 벗어 손에 들고는 숲 쪽으로 고개를 돌리더니 한쪽 귀를 아래쪽으로 기울였어. 덩달아 내 고개가 기우는데 너의 귀가 다가간 곳은 마루에 꽂힌 긴 대나무 관이었어. 대나무 관은 한 팔 길이의 간격을 두고 두 개가 꽂혀 있었고 귀를 갖다 대기에 가장 알맞은 높이를 유지하고 있었어. 너는 살짝 비껴 앉아 대나무 관에 귀를 대고는 고요히 멈추어 있었어. 짙은 남색 체크 셔츠의 네 등 너머 보이던 짙푸른 울창한 숲. 나무 사이로 흐르던 바람과 간간히 떨어지던 빗방울들. 너는 풍경 속에 그대로 스며들어 한참 동안 꼼짝하지 않았어. 호기심이 인 나는 신발을 신은 채 무릎걸음으로 너에게 다가갔어. 너는 눈을 감은 채 여전히 귀를 기울이고 있었어. 너를 따라 나도 다른 대나무 관에 귀를 가만히 대어 보았어.

―들려?

이상해. 저절로 눈이 감기더라. 아주 깊은 항아리에 떨어지는 물방울 소리가 실로폰 소리처럼 청아하게 울렸어. 방울방울 떨어지는 물방울이 사방으로 튀어 오르며 메아리가 되는.

―들려.

나는 고개를 들어 위아래 주위를 훑어보았어. 마루 밑의 대나무관은 땅에 묻힌 목이 좁은 항아리 속으로 이어져 있었어. 그 외에는 어디에도 소리가 날 만한 장치는 보이지 않았어.

―아주 오래 전에 한 조경사가 만든 정원이었대. 정원은 사라지고 지금은 이것만 남은 거래.

—어디서 나는 거야, 소리는.

너는 고개를 저었어.

—몰라. 그저 비 오는 날에 들을 수 있다는 것만 알아.

너는 다시 귀를 대고 물방울 소리를 들었어. 이 비가 그치기 전에 실컷 위로받고 싶은 사람처럼. 긴 목을 늘여 귀를 기울이던 너의 귓가에 오소소 돋아난 솜털이 빛 속에 흔들려 늘 정물 같던 너를 다소 생기 있게 만들었어. 너는 비가 그치고도 한참이나 더 그러고 있었어. 참 이상해. 오래된 풍경은 흑백의 이미지로 저장되기 마련이잖아. 그런데 이 풍경은 유독 내게 폴라로이드 사진 같은 따뜻한 질감의 컬러로 매번 떠오른다. 비 오던 여름의 푸른 숲 때문인지, 자유롭지만 무거웠던 청춘의 벼린 감각 때문인지는 잘 모르겠어.

내가 이날의 일을 비교적 정확하게 기억하는 또 다른 이유가 있어.

집에 도착해 우산을 접는 너를 뒤에 두고 내가 먼저 현관으로 뛰어 들어갔어. 대문에서 현관에 이르는 몇 초 동안 손우산을 했음에도 다시 쏟아지던 비에 금세 어깨며 가방이 젖어버렸지. 현관에 서서 머리와 손의 물기를 털면서 난 무심코 현관 옆 우산꽂이를 보았지. 서너 개의 우산이 꽂혀 있었어. 여러 개의 우산 중에서 겨우 하나만 쓰고 나온 너의 심보

가 너무 얄미웠지. 그런데 말이야. 지금에 와서 생각해보면 네가 왜 그랬는지 알 것도 같다. 내 짐작이 맞는지는 모르겠지만.

—육사를 가야 안 되겠나?

본가에서 올라오신 큰아버지가 자리에 앉자마자 대뜸 너를 향해 던진 말씀이었지. 네가 고3이 되던 해 본격적인 입시철을 앞두고 아버지가 너의 진로를 의논하기 위해 큰아버지를 모신 자리였어.

—형님, 수현이는 체력이 약한 편이라 육사는 무립니다. 육사는 체력 시험도 본다는데 지금부터 준비하기엔 시간도 부족하고 서울 쪽 대학에 보내는 게 낫지 싶습니다.

—육사는 학비도 거의 안 들고 또 고향 사람들은 수현이 애가 무조건 육사 아니면 서울대는 따 놓은 당상으로 여기고 안 있나. 집성촌이라 그런지 수현이에 대한 기대도 크고. 육사가 이래저래 보기도 좋고 돈도 적게 들고 딱이다 싶은데.

—그렇긴 합니다만 수현이 학비 문제야 뭐 걱정할 거 있습니까. 제가 정년까지는 아직 좀 남았고 경제적으로도 큰 무리는 없지 싶습니다. 가고 싶다는 대로 일단 보내고 지가 열심히 해서 유학도 가고 박사도 따고 해서 성장하는 것도 좋지 않겠습니까.

―수현이 네 생각은 어떠냐?

큰아버지는 한쪽에 모로 앉아 남 얘기 듣듯 무심한 너를
돌아보았어.

너는 속내를 알 수 없는 얼굴로 방바닥만 내려다볼 뿐 별
다른 말이 없었지. 보는 사람 답답하게 만든다는 걸 알면서
도 대답이 한참이나 늦는 너의 버릇이 지금은 고쳐졌는지 궁
금하다. 애초에 너의 대답은 기대도 안 했다는 듯 큰아버지
는 다시 아버지를 향해 돌아앉았어. 잠시 주저하던 큰아버지
는 좌탁 위의 물잔을 들어 절반 넘게 드시고는 결심했다는
듯이 입을 여셨지.

―동생. 내가 하는 말 섭섭하게 듣지는 말게. 세월이 흐르
고 세상이 변하듯이 사람 사는 사정이나 마음도 조금씩은
바뀌는 거 아니겠나. 그래서 말인데. 수현이 저 애를 내 호적
으로 다시 옮겼으면 해서 말이지. 옮기는 것도 아니고 그저
원래 자리로 돌려놓는 것이고.

기억해? 그 순간 그 거실의 정적. 그곳에 있었던 큰아버지,
우리 아버지, 우리 엄마, 정수현 너, 나. 궁금하지 않니? 그때
다섯 명이 했을, 수학 함수보다 복잡했을 계산이. 큰아버지
가 던진 그 말을 이해하는 데도 한참이나 걸리는데 어떻게
풀 생각까지 했겠니. 그저 애먼 방바닥의 돗자리만 죽죽 긁
어댈밖에. 차마 비보를 접한 부모님의 얼굴을 바로 볼 자신

이 없었어. 흔한 말로 썩소이지 않았을까 싶다. 너는 모르는 표현이겠지만, 어떤 표정인지는 대충 짐작할 거야. 너도 그 자리에 있었으니까.

─동생은 이해하기 어렵겠지만 멀쩡한 자기 핏줄을 남의 호적에 올려 키운다는 게 영 맘이 편한 일은 아니야. 어머니 살아계실 때 늘 동생이 지현이 저 애 하나만 둬서 나중에 제 삿밥이나 얻어먹겠나 하시며 걱정을 하셨고 마침 동생이 공무원이라 하나는 더 뒷바라지할 여력이 된다 해서 보내긴 했지만 마음이 쓰이는 게 안 좋았네. 쟤 엄마는 더 그렇고. 자식 넷이라 해도 안 아픈 손가락 있겠나. 어려운 살림에 못 거두고 남의 밑에 두는 게 한이 됐나 보더라고.

남이라고 했다, 큰아버지는. 동생이 아닌 남, 이라고 분명히 말했다. 아버지는 너를 조카로 핏줄로 거둬들였을 텐데 큰아버지는 자식을 남, 에게 맡긴 거라고 생각한 거지.

─저도 수현이가 공부 마치고 때가 되면 돌려보내려 했습니다. 요즘 세상에 누가 아들 두고 제삿밥 얻어먹습니까. 그저 지현이 혼자 형제 없이 크는 것도 안쓰럽고 또 수현이 재능이 아까워서 그랬을 뿐이지 뭐 다른 욕심 없습니다.

─그렇다면 내가 동생 보기 한결 편하고. 어디 있든가 그게 뭐 중요하겠나. 6년 자네 밑에서 컸으니 아들이나 다름없지. 일 있을 때마다 수현이가 아들 노릇 할 거네. 우선은

수현이가 크게 나려면 제 호적에 반듯하게 있는 게 흠도 안될 테고.

　—그만하세요. 아버지.

　이제껏 듣기만 하던 네가 비로소 입을 열었지. 돗자리의 골을 따라 쓸어 내려가던 나의 손톱이 자리 어느 마디에서 툭, 하고 부러져버렸어. 검지 손톱 끝이 떨어져 나가 몹시 아렸어. 그대로 손가락을 입에 물고 혀끝으로 손톱 밑을 달래듯 더듬었지. 원망과 실망의 얼굴로 제 아버지를 바라보던 너에게서 나는 슬픔을 본 것 같기도 하다.

　—아버지도 그만두세요.

　너의 시선이 우리 아버지의 어깻죽지를 더듬다 그 너머에 앉아 있던 엄마에게로 향했는지도 몰라. 엄마가 그때 너의 두 눈이 부서진 별사탕처럼 반짝거렸다고 했거든.

　너는 그대로 일어나 방으로 들어가 버렸어. 톡, 문을 잠그는 소리가 마치 마침표처럼 분명하고 단정하게 모든 상황을 정리하는 거 같았어.

　그만하고 그만두어야 할 것들, 무엇이었을까.

　큰아버지의 험험 헛기침 소리가 그 거실에 가득 채울 때 난 여전히 아린 손톱 밑을 혀로 핥으며 네 방문을 바라보았어. 내가 아팠던 만큼 너도 아팠니?

정수현.

네가 묻지 않는 건 나도 말하지 않으려고 해. 난 손해 보는 건 딱 질색이야. 한때 너로 인해 피해 의식과 열등감으로 점철되었던 시간이 있었으니 너에게만은 그다지 관대하고 싶지가 않다. 관찰력은 뛰어났지만 호기심은 없었던 너니까 그다지 궁금해하지도 않을 거라는 거 알아. 본가와 얼마나 자주, 얼마나 자세히 소식을 주고받는지도 궁금하지 않아. 나도 대학을 들어가면서는 명절이 되어도 본가에 가는 일이 거의 없었고 부모님이 물고 오는 본가 소식에도 귀나 입을 열지 않았으니까. 너만큼 나도 본가를 멀리 두고 살았어.

스무 살이 되던 해, 너는 결국 우리 집을 떠났지. 큰아버지와 아버지의 기대와는 달리 넌 아무런 연고도 없던 타 도시의 국립대를 지원했고 차석 입학으로 2년간 학비를 면제받을 수 있었지. 그렇게 너는 우리 집을 떠났지만 본가로 돌아가지도 않았어. 파양 문제는 해결되지 않은 채로 남아 너를 2년간의 미결수로 만들었지. 제대 후 너는 누구에게도 파양의 기회를 주지 않고 교환학생 자격으로 미국으로 떠났어. 출국하는 당일 누구도 너의 뒷모습을 보지 못했으니 홀연히 떠나는 너의 심정이 어떠했을지는 아무도 모를 거야. 어찌됐든 넌 여전히 우리 아버지의 아들로 남아 있게 되었어. 본가의 큰아버지도 그 뒤로 별다른 말이 없었던 걸 보면 아무래도 파양의 시점을 네가 미국서 박사가 되어 금의환향하는 그 날로 미뤘음에 틀림없다. 하지만 너는 그곳에서 학위를 따고도 돌아오지 않았어. 어차피 넌 그럴 작정으로 떠났을 테니. 난 그렇게 미뤄 짐작해. 그곳엔 너를 잡아당기는 어떤 세속의 끈도 없으니 저울추처럼 오르락내리락 하던 너의 삶도 균형점을 찾아 안온해졌겠지. 수평의 삶을 산다는 건 어려운 일이야.

정수현.

엽서는 왜 보낸 거니? 단순히 우표책을 돌려받고 싶어서니? 그것도 내가 가지고 있을 거란 확신도 없이.

어쨌든 네 짐작이 맞았어. 우표책은 내가 가지고 있어. 하지만 난 너의 우표책을 일부러 숨기진 않았어. 엄마가 정리하던 네 교과서 뭉치 속에서 발견했을 때 네게 돌려줄 생각이었지. 본가에서 돌아온 네가 새파랗게 질린 얼굴로 쫓아와 우표책 내놓으라고 쏘아붙이기 전까진 말이야. 그때 분명히 내 책상 위에는 우표책이 놓여 있었는데 돌려주기 싫어졌던 거야. 내가 우표책을 빼돌렸을 거라고 생각한 네가 그 순간 정말 괘씸했어. 결코 순순히 돌려주고 싶지 않았어. 너는 그 뒤로 한 달이나 나에게 말도 걸지 않았어. 매달 외삼촌이 보내주는 기념우표는 봉투 속에 담긴 채로 신발장 위에 버려지듯 놓여 있었어. 너는 거들떠보지도 뜯어보지도 않았어. 그게 네 우표 수집의 마지막이었지.

그런데 아무래도 우표책을 너에게 보내기는 어려울 것 같다. 우습게 들리겠지만 그 버려진 우표들을 우표책에 꽂아넣으며 나야말로 우표 컬렉터가 되었거든. 우표 한 장 한 장을 꽂을 때마다 마음 한쪽 한쪽이 정리되는 게 심사가 복잡하고 우울한 날엔 이만한 취미가 없더라고. 물론 네가 모았던 우표들에 비하면 컬렉션이라 하기엔 많이 부족하지만. 매년 발행되던 크리스마스실까지 연도별로 하나하나 정리해 놓은 걸 보면 아무래도 우표 수집은 너에게 더 어울리는 취미인 게 틀림없다.

정수현.

너의 엽서를 받고 볼리비아란 나라를 검색해봤어. 남아메리카 어디쯤 있다는 것밖에는 도통 아는 게 없었으니까. 그런데 볼리비아와 우표에 관한 특이한 사건 하나가 있더라. 지금 네가 머무르고 있는 볼리비아가 한때 우표 전쟁을 치른 적이 있다는 걸 아니? 너도 알다시피 볼리비아는 파라과이와 국경을 마주하고 있어. 그중 분쟁 지대였던 그란차코에서 1930년에 석유가 발견되었지. 볼리비아는 '볼리비아의 차코'라고 명기한 기념우표를 발행했고 이에 분개한 파라과이가 '그란차코는 과거도 현재도 미래도 파라과이의 것'이라고 써넣은 우표를 맞발행했지. 그로 인해 두 나라는 4년간 우표 전쟁을 했고 주변국의 중재로 그란차코는 파라과이에 돌아갔어. 우표 한 장 때문에 전쟁까지 하다니. 지나친 발상인지는 몰라도 마치 네가 볼리비아와 파라과이 사이에 놓인 그란차코 같다.

한때는 바다였고 지금은 사막인 우유니, 라파스와 수크레 두 개의 수도, 그란차코의 두 주인, 볼리비아와 파라과이. 너를 빗대기에 좋은 나라군. 볼리비아, 볼리비아.

문득 궁금해진다. 그곳이.

정수현.

소인이 찍혀 있어도 괜찮아. 볼리비아 우표 한 장 보내줄래?

발신 : 정지현, 한국

스위치

스위치를 누릅니다.

타닥, 오래된 LP판 튀는 소리가 납니다. 반짝, 밝아졌던 방
안이 이내 다시 어두워집니다. 필라멘트가 나간 것일까요.
탁, 탁. 몇 번이나 스위치를 다시 눌러봐도 반응하는 빛은 없
습니다. 그대로 방 안, 정확하게는 방 입구에서 꼼짝없이 어
둠에 묶여 있습니다. 어둠을 흡수한 내 동공이 잔량의 빛으
로 사물을 식별할 수 있을 때까지 그저 기다려야 합니다. 우
두커니 서 있습니다. 손으로 더듬어 몇 걸음만 옮기면 커튼
으로 닫힌 창까지 어렵지 않게 이를 테지만 나는 기다립니
다. 절벽을 향해 내딛는 발걸음으로 이 방까지 왔고 판도라
의 상자를 열 듯 스위치를 눌렀습니다. 미처 쏟아져 나오지
못한 재앙이, 바닥의 희망과 함께 다시 어둠 속에 파묻혔지
만 이미 내 몸은 두려움에 떨고 있습니다. 너무 질끈 감았던

탓에 오른쪽 눈꺼풀이 파르르 떨립니다. 가죽 장갑을 벗고 중지로 눈꺼풀을 지그시 눌러줍니다. 뒤끝 있는 겨울이라 장갑을 끼었음에도 손끝은 차갑습니다. 어쩌면 다행일지도 모릅니다. 환한 형광등 아래 드러날 이 방의 속살을 거리낌 없이 바라볼 자신이 나에겐 없으니까요. 아마도 5시 반쯤 되었을 겁니다. 곧 해넘이가 시작될 시간입니다. 스며드는 오후의 남은 볕만으로도 이 방을 둘러보기엔 충분합니다. 어차피 이 방에서의 시간은 십 분이면 족합니다.

향기라고 해도 좋을지 모를 야릇한 냄새가 납니다. 가까운 벽면에 헤이즐넛 향 방향제가 걸려 있을지도 모릅니다. 성글게 짠 주먹만 한 주머니 안에 진짜인지 가짜인지 모를 커피콩들이 잔뜩 들어 있는 싸구려 방향제일 겁니다. 동네 천 냥 마트에서 샀겠지요. 코끝이 싸할 정도로 잔향이 맵습니다. 산 지 얼마 되지 않았나 봅니다. 다시 방 밖으로 나갈 수는 없으니 일단은 창문을 열어야겠습니다. 머리가 아픕니다.

천천히 눈을 뜹니다. 서너 번 눈을 깜박여봅니다. 방의 윤곽이 희부옇게 드러납니다. 신발을 벗고 방 안으로 올라섭니다. 어둠을 더듬으며 대여섯 걸음 나아갑니다. 커튼 자락이 잡힙니다. 두툼한 암막 커튼입니다. 빛이 완전히 차단된 이 방은 춥고 습한 음지 같습니다. 머뭇거림 없이 커튼 자락을 젖힙니다. 늦은 오후의 햇살이 여과 없이 깊숙이 쏟아져 들어옵니다. 어둠이 빛과 그림자로 분리됩니다. 공중에서 먼지들이 부유합니다. 숨을 머금고 불투명 유리창을 엽니다. 거친 마찰음과 함께 겨울바람이 급습하듯 밀려듭니다. 참았던 숨을 내뱉습니다. 찬 공기에 부르르, 날갯짓하듯 온몸을 털어냅니다. 하나, 둘, 셋…… 일곱. 가로로 약 십 센티미터 간격으로 박혀 있는 쇠창살은 창밖의 세상을 여덟 조각 냅니다. 방범을 위한 쇠창살은 오히려 방을 작은 감옥으로 만듭니다. 이 층 창가에서 조각난 세상을 내다봅니다. 원룸 바로 아래로 보이는 놀이터에서 두 아이가 시소를 타고 있습니다. 이등분의 조각 속에서 시소의 양쪽이 오르락내리락 움직입니다. 창문 여는 소리를 들었는지 아이 하나가 올려다봅니다. 그 아이에게도 나는 두 조각일 것입니다.

방바닥으로 그림자가 길게 늘어집니다. 짧은 커트 머리에 무릎 아래까지 오는 코트, 그리고 한 손에 들린 장갑 두 짝이 그대로 오목 판화처럼 찍힙니다. 고개를 듭니다. 아아…… 아주 작은 방입니다. 방이 곧 집인 작은 원룸입니다. 보통 걸음으로 다섯 발짝이면 맞은편 벽에 다다르는 정사각형에 가까운 방입니다. 좀 전까지 내가 서 있던 현관 옆으로 욕실 문 같은 어두운 체리색 문이 닫혀 있고 그 옆으로 짧은 동선의 싱크대가 보입니다. 조리대도 없이 가스레인지와 좁은 개수

대만 있는 옹색한 부엌입니다. 개수대 옆으로는 허리까지 오는 작은 냉장고가 있고 그 위로 찻잔 하나가 덩그러니 놓여 있습니다. 허리가 잘록한 모양에 자잘한 이파리 문양이 주인의 취향을 보여줍니다. 하나의 컵은 이 방을 드나드는 사람이 없음을 알게 합니다. 상부장에 다른 컵이 더 있을지는 모르겠지만 그것 또한 이 방의 주인이 쓰는 것이겠지요. 아마내 짐작이 맞을 겁니다. 찻잔 세트라니요. 이 집, 이 방에서는 불필요합니다.

오른쪽 벽면의 창 쪽으로 싱글 침대가 놓여 있습니다. 반듯하게 개어 놓은 먹자주빛 극세사 이불에는 애기 손바닥만한 흰 꽃이 드문드문 피었습니다. 목단 같기도 하고 목화솜 같기도 합니다. 같은 무늬의 베개는 가운데가 옴폭하니 꺼져 있습니다. 뻗던 손을 거두어들입니다. 톡톡 쳐주면 베개는 처음의 모양으로 되돌아가겠지만 그게 무슨 소용 있을까요. 가장자리에 붙은 짧고 희끗한 머리카락 한 올을 집어 듭니다. 내가 되돌리고 싶은 것은 따로 있습니다.

왼쪽으로는 삼단 서랍장과 싸구려 원형 스툴이, 그 옆으로는 전신 거울이 벽에 비스듬히 세워져 있습니다. 서랍장 위에는 스킨, 로션, 에센스, 영양 크림 같은 기초 화장품 외에도 아이섀도, 마스카라, 립스틱 등등의 색조 화장품이 꽤 있습니다. 사각 크리넥스 티슈 옆에 놓인 클렌징 크림의 뚜껑이 비뚜로 닫혀 있습니다.

화장대에서 기역자로 꺾이는 구석, 싱크대의 왼쪽으로는 문 두 개짜리 옷장이 있습니다. 진초록 바탕에 원목으로 테두리를 두른, 동네 가구점에서 일이십만 원이면 흔히 살 수 있는 그런 평범한 옷장입니다. 이 원룸에 딸린 옵션일지도 모릅니다.

한눈에 다 들어오는 이 작은 방에 나는 이렇게 들어와 있습니다. 며칠 전까지만 해도 생각도 못한 일입니다. 눈을 감고 숨을 고릅니다. 찬 숨 사이로 달짝지근한 분 냄새가 섞이어 듭니다. 지금, 여기는 남편의 방입니다.

나는 남편을 사랑했습니다. 남편이 나를 사랑했는지는 모르겠습니다. 사랑했을 수도 있겠지요. 동료 교사의 소개로 남편을 만났습니다. 남편은 조선소의 설계팀에 근무하고 있었습니다. 6남 1녀 중 막내아들이고 둘째 형 내외가 고향에서 부모님을 모시며 살기에 시집살이에 대한 부담이 적은 집이었습니다. 아래 여동생까지 시집을 간 터라 남편만 결혼하면 걱정이 없을 그런 평범한 집의 막내아들이었습니다. 말이 없고 잘 웃지 않는 남자였습니다. 경상도 남자라 그러려니 했지만 뚜렷한 호감도 보이지 않길래 퇴짜를 놓을 생각이었습니다. 다음 날 남편에게서 전화가 왔습니다. 중매쟁이가 세 번은 만나보라고 어르고 달래는 중이었기에 딱 두 번만 더 볼 생각으로 만나기 시작한 게 연애가 되었고 결혼으로 이어졌습니다. 첫인상과 달리 남편은 자상했습니다. 꽃집을 지나다가도 제철인 수국이나 프리지아를 보면 사양을 하는데도 굳이 한 다발을 사서 내 품에 안겨주었지요.

연경 씨. 꽃이 참 예쁘죠. 꽃에도 성별이 있다면 분명 숙녀일 거예요.

남편은 세 살 아래인 나에게 늘 존댓말을 썼습니다. 윗사람은 물론이고 아랫사람에게도 늘 존대를 하는 건 남편에게 있어 타인을 존중하기 위한 자기 나름의 율법이었습니다.

여자도 남자도 아니고, 그렇다고 소녀도 아니고. 왜 숙녀예요?

여자, 남자란 말은 너무 객관적이고 직선적이잖아요. 소녀는 덜 여문 꽃봉오리에 가까워요. 아직 만개하지 않은, 여분의 아름다움을 숨겨둔 숙녀가 제일 잘 어울리지 않을까요.

낭만적 사유를 즐기지 않는 나는 심드렁했지만 남편은 그 뒤로도 내 생일이나 결혼기념일이면 꼭 선물과 함께 꽃을 사들고 왔습니다.

결혼 후에도 남편의 다정함은 변하지 않았습니다. 소개해준 동료 교사가 소개비를 이십 년 할부로 받아야겠다고 농을 던질 정도였으니까요. 화장대 위의 스킨이나 로션이 바닦을 보일 때면 남편은 언제나 향이 좋은 새 제품으로 미리 바꿔주었고 끈적임이 싫어 잘 바르지 않는 보디로션도 장미 향, 머스크 향, 자몽 향으로 종류별로 사두었습니다. 그리고 씻고 나오는 나를 침대 끝에 앉히고는 길고 가는 손으로 허벅지에서 종아리, 어깨와 손목까지 마사지하듯 부드럽게 발라주었습니다. 은은한 꽃 향이 좋다며 남편도 같이 바르기도 했습니다. 나는 여자 바르는 걸 왜 바르냐고, 남자에게서 여자 향 나는 것도 흉하다고 질색했지만 남편은 그 보들보들한 로션의 살가움을 이상할 정도로 좋아했습니다.

남편은 홈쇼핑을 즐겼습니다. 보는 것만큼 사는 것도 좋아했습니다. 하지만 특이하게도 먹거리나 남성용품이 아닌 나와 딸의 옷이나 화장품을 사는 데 관심이 더 많았습니다. 외국인 모델이 입은 속옷이 보기 민망하지도 않은지 남편은 치수와 디자인까지 꼼꼼히 체크하며 내 란제리를 주문하기도 했습니다. 그것뿐일까요. 앵클부츠, 재킷, 머플러, 파우치와 세트인 핸드백까지. 아내인 나의 물건을 남편의 취향대로 사는 게 못마땅해 흉이라도 볼라치면 주위 사람들은 복에 겨운 투정 말라며 퉁을 주었지요. 맞습니다. 남편의 사랑에 나는 행복했습니다. 아내를 위해 화장품을 사고, 아내를 위해 보디로션을 발라주고, 아내를 위한 속옷을 주문하는 남편이 어디 그리 흔할까요? 남편은 나보다 더 나를 위해주었습니다.

나를 사랑해서 그런 줄로만 알았습니다.

　불길한 전화는 밤에 걸려 옵니다. 쉰을 넘긴 후부터 늦은 밤, 잠자리에서 받는 전화는 누구의 사고, 누구의 죽음을 알리는 것이 대부분이어서 가슴부터 조여듭니다. 그날의 전화도 아주 늦은 시간에 걸려 왔습니다. 정확히 밤 2시 52분이었습니다. 전화를 받을 때는 시간부터 확인하는 습관이 있습니다. 수화기를 들기에 앞서 벽시계를 올려다보았습니다. 쉬잠이 오지 않는 밤이었습니다. 차 한 잔을 마실 생각에 라벤더 티백을 꺼내며 물이 끓기를 기다리고 있는 중이었습니다.

　여보세요. 정경환 씨 댁 맞습니까? 부인 되시나요?

　그런데요. 어디시죠?

　경찰서입니다. 놀라지 말고 들으세요.

　삐이익, 새된 소리에 나는 소스라쳤습니다. 주전자 주둥이로 뜨거운 물이 넘치고 있었습니다.

　교통사고로 남편분이 많이 다치셨습니다.

　남편의 사고 소식보다도 주전자 소리에 더 놀랐습니다. 넘치는 주전자의 물을 닦아내는 것보다 이 밤에 그곳까지 세 시간이 넘는 거리를 차를 몰고 가야 하는 상황이 더욱 성가십니다. 거절하기 어려운, 내키지 않는 부탁을 받은 기분입니다. 정말 급하지 않다면 내일 아침에 가도 되겠냐 물으려다 목구멍으로 삼킵니다. 아내라는 여자가 사고를 당한 남편을 두고 하기에는 너무 매정하게 들릴 질문입니다. 요즘 부쩍 안구건조증이 심해서 장시간의 운전은 너무 피곤합니다. 손에 들린 티백을 뜯으며 차는 마시고 가야겠단 생각을 합니다. 인공누액도 챙겨야 하구요.

횡단보도를 건너다 사고를 당하셨습니다. 운전자의 신호위반인데 무면허더군요. 운이 나빴습니다.

대학병원 중환자실 앞에서 M자의 선명한 이마 라인을 가진 담당 형사가 손바닥으로 턱과 얼굴을 반복적으로 문지르며 말을 건넵니다. 손가락 안쪽 마디가 허옇게 일었습니다. 더 트기 전에 얼른 로션을 바르면 좋으련만.

그런데 말이죠. 좀 이상한 게 있어서요. 현장에 출동했던 경찰관이 아주 요상한 말을 하더군요.

답하지 못할 질문을 받을 것 같습니다.

경찰이 사고현장에 도착했을 때 남편분은 사고 차량에 치여 멀리 튕겨 나가 있더랍니다. 운전자는 차에서 내리지도 못하고 덜덜 떨고 있고요. 오밤중에 인적 없는 도로에서 갑자기 당한 일이니 흔한 말로 멘붕이었겠죠. 흠흠. 중요한 건 말이죠. 경찰이 쓰러져 있는 남편분의 상태를 살피는데 그게 말입니다. 아, 참 말하기 곤란하네. 글쎄 남편분이…… 화장을 하고 원피스를 입고 있더랍니다. 꼭 여자처럼요. 어두워서 처음엔 여잔 줄 알았다더라고요. 신분증의 주민번호는 분명 1로 시작하는데 말이죠. 부인. 부인. 괜찮으세요? 놀라셨습니까?

아닙니다. 사람은 이미 아는 일에는 놀라지 않습니다. 몰랐던 일에 놀라고 쓰러지고 웁니다. 어지럽습니다. 중환자실 문에 팔을 기대고 이마를 얹습니다. 담당 형사는 곤혹스런 표정으로 나를 보고 있습니다. 더 많은 질문을 받기 전에 대답해야 합니다. 뭐라고 대답해야 좋을까요. 네. 남편은 그런 사람입니다.

나의 아내, 주연경 씨.

여보. 세희, 세준 엄마. 연경 씨.

당신을 부를 수 있는 호칭이 참으로 많군요. 결혼 이후 줄곧 당신을 여보로만 불렀는데 한 번쯤은 세희 엄마, 세준 엄마라고 불러봐도 좋을 걸 그랬소. 귀한 자식을 낳아준 당신에게 세희 엄마란 호칭은 또 하나의 경외가 될 수 있을 거란 생각이 듭니다.

세희를 낳았을 때가 생각납니다. 당신이 처음 임신 소식을 알렸을 때부터 딸이기를 간절히 바랐습니다. 별처럼 반짝이는 지혜를 갖기를 바라는 마음에 별이란 태명으로 불렀던 우리 세희가 내년이면 열일곱. 여고생이 되다니. 대견하고 기특

하면서도 손 안의 모래처럼 조금씩 우리 곁에서 떨어져 나갈 거라 생각하면 아깝고 섭섭하오. 세준이는 당신을 닮아 똑 부러지고 매사에 분명해서 제 할 몫을 분명히 하며 살겠지만 좋고 싫음이 너무 확실해서 혹여 맵고 찬 사람으로 보일까 걱정이 됩니다. 어렸을 때부터 공부 욕심이 많아 벌써부터 유학을 가고 싶어 하는 세준이. 뒷바라지할 당신의 고생이 클 거 같아 월급쟁이 남편인 나는 그저 미안합니다. 세희, 세준이 두 녀석이 당신의 유일한 행복이고 희망임을 알기에 나는 차마 당신에게 그 무엇도 이해받기를 바라지 않습니다. 그저 당신이 원하는 대로 우리는 물리적인 거리를 확보한 채 부모로 살고 부부로 유지되어야 함을 압니다. 당신과 내가 후에 자식이란 구심력을 잃고 원심력으로 점점 밀려나고 멀어지게 된다 해도 당신을 원망하지 않겠습니다.

여보.

구닥다리 같은 옛날이야기 하나 할까 합니다. 나의 유년에 관한 짧은 이야기이니 내키지 않더라도 마저 읽어주길 바랍니다. 내 어릴 적 살던 집은 동네 언덕배기의 너른 터에 우리집과 셋집 둘이 딱히 담이라고 부를 만한 테두리도 없이 그저 앵두나무 한 그루를 문패 삼아 옹기종기 모여 사는 곳이었소. 초여름이면 구슬만 한 크기로 벌겋게 달아오르는 앵두를 채 익기도 전에 따 먹는 바람에 매년 여름이면 설사병에 걸려서 며칠씩 고생을 하곤 했소. 셋째 형은 늘 내 손에 바가지를 들려 앵두나무 아래 세워 두고는 처녀 허리 같은 나무 줄기를 깍지 낀 손으로 부여잡고 두 발을 번쩍 들어 기둥에 단단히 디딘 다음 있는 힘껏 흔들어대었지요. 가는 빗살무늬 잎맥의 부드러운 잎사귀와 풋앵두가 그대로 내 머리와 바가지 위로 쏟아져 내렸다오. 잎새 사이로 쏟아지는 초여름 볕이 뜨거워 고개를 숙인 나는 그대로 앵두 세례를 온몸으로 받아냈다오. 바가지에 담기는 것보다 밖으로 떨어져 내린 것이 더 많아서 형은 쪼그려 앉아서 땅에 흘린 앵두를 주워 먹었습니다. 나는 바가지에 담긴 앵두를 한 알 한 알 입속에 머금고 혀끝으로 한 바퀴 굴려 그 촉감을 즐긴 다음에 그 새콤달콤한 맛을 즐겼다오. 남은 앵두는 펌프로 끌어올린 우물물에 씻어 잎사귀를 걷어낸 뒤, 갓 걸음을 떼기 시작해 뒤뚱뒤뚱 걷는 모습이 보기에도 불안한 경옥이에게 주었다오. 어머니는 어린 경옥이가 앵두 씨를 통째로 삼키면 안 좋다고 혼을 내셨지만 나는 경옥이 손에 몰래 한 움큼의 앵두를 쥐어 주었소. 어린 손 안엔 남아 있는 앵두는 겨우 대여섯 알. 그래도 좋아하던 경옥이. 내 사랑하는 어린 누이.

아. 미안하오. 앵두 이야기가 너무 길어지고 말았소. 늘어진 테이프 같은 나의 말이 듣기 거북하고 재미없겠지만. 여보. 나는 이날의 기억이 선명합니다. 이날은 내가 처음으로

형의 옷을 물려 입은, 그러니까 남자애답게 옷을 입은 내 인생의 첫날이었소. 남자애가 남자 옷을 입는 게 별일이냐 반문하겠지만 나는 아홉 살이 되도록 제대로 남자애 옷을 입어본 적이 없었소. 그저 옆집에 사는, 앞집에 사는 누나에게서 옷을 얻어 입었소. 맞아요. 여자 옷을 입고 여자처럼 머리를 길렀지요. 아니 정확하게 말하면 여자 옷이 입혀졌다고 해야할 거요. 헝겊 인형처럼.

당신도 알다시피 나는 위로 남자 형제가 다섯에, 아래로 여동생, 경옥이까지 칠남매입니다. 어찌 그리 아들 복이 많았던지 아버지는 내리 여섯 아들을 보셨소. 아들이라 마냥 좋아하시던 할아버지께서도 이제 하나쯤은 딸로 걸러 가도 좋겠다고 아쉬워했습니다. 한두 살 터울로 아들만 내리 낳으니 딸이 귀한 우리 집에선 마지막으로 딸자식 하나 보는 게 숙원이었던 거지요. 내가 두 살 되던 해 어머니는 드디어 여동생을 낳았소. 할아버지께서 온 동네에 득녀 턱으로 막걸리를 돌릴 정도였으니 그 기쁨이 얼마나 컸겠소. 하지만 여동생은 돌을 못 넘기고 병으로 죽었소. 어른들의 상심은 이루 말할 수가 없었다고 하오. 특히 할아버지는 한동안 농사일도 내려놓을 만큼 죽은 손녀딸에 대한 슬픔이 컸다고 들었습니다. 술에 얼큰히 취해 들어오셔서는 우리 아들 사주에 딸이 있다는데 와 죽노, 하면서 한탄하셨답니다. 손주 욕심이 대단하

신 분이었지요.

내가 네 살 되던 해 할아버지는 어디서 듣고 오셨는지 막내를 계집애처럼 키우면 여동생을 볼 수 있다며 다짜고짜 내 머리에 여자애 무명치마를 뒤집어씌우더랍니다. 부모님은 해괴망측한 내 모습에 펄쩍 뛰셨지만 할아버지께서는 뜻을 꺾지 않았습니다. 경환이라는 멀쩡한 이름을 두고 경순아, 경순아, 여자애 이름으로 바꿔 부르곤 하셨다고 하오. 겨우 네 살인 내가 무얼 알았겠소. 당연히 치마를 입는 줄 알았고, 당연히 내 이름이 경순인 줄 알았소. 제때 머리를 자르지 못해 귀밑 단발이 될 때면 나는 누가 봐도 여자애였다고 합니다. 하루는 셋집 여자애를 따라 쪼그리고 오줌을 누다가 어머니께 호되게 혼난 적도 있어요. 어머니는 내가 여자애처럼 크는 걸 마음 아파하셨습니다. 지성이면 감천이었는지 당신도 알다시피 내가 여덟 살이 되던 해 나는 결국 여동생을 보게 되었습니다. 우리 경옥이가 태어난 거지요. 그 시대에 우리 경옥이처럼 이쁨받고 자란 딸이 흔치 않을 정도로 경옥이는 온 가족의 사랑을 듬뿍 받았지요. 할아버지는 막내, 경순이 덕이라며 내 머리를 연신 쓰다듬어주었소. 나는 할아버지가 주신 눈깔사탕을 손에 들고 덩달아 좋아했었소. 여동생이 태어나면 같이 공기놀이를 할 수 있었으니까 말이오. 경옥이를 낳은 다음 날로 어머니는 나에게서 여자애 옷을 벗기려 했지만 경옥이 돌 때까진 그냥 두어야 한다는 할아버지 말씀에 나는 그 뒤로 일 년을 더 여자애처럼 컸소. 경옥이가 무사히 돌을 지나고 앵두를 털던 그날로 나는 드디어 여자에서 남자로 돌아올 수 있었소. 칠남매 중에 유일하게 돌 사진을 찍은 경옥이의 사진 속에서 나는 무명치마를 입고 이마 위로 분수처럼 머리를 묶어 올리고는 천생 계집애처럼 웃고 있어요. 혹 궁금하면 경옥이 집에 갈 일 있을 때 한번 보길 바라오.

　여보.

　마술사의 손에서 하얀 종이가 흰 비둘기로 변하는 마술은 참으로 신기합니다. 마술사가 하얀 종이를 잘게 찢어 후 하고 불면 눈 깜짝할 새 작은 비둘기 한 마리가 파닥거리며 관중의 박수 속으로 날아오르지요. 꿈속에서 나는 이런 마술을 경험하곤 합니다. 나는 출근을 하기 위해 당신이 준비해 준 와이셔츠와 넥타이, 회색 정장을 입고 손수건을 주머니에 넣으며 거울 앞에 섭니다. 나는 말쑥하고 단정한 중년의 멋진 남자. 하지만 거울 속엔 내가 없소. 아니 있기는 있소. 감색 무명치마에 고름과 소매가 지나치게 짧은 흰 저고리를 입고 아무렇게나 머리를 묶어 올린 여자애 하나, 경순이가 서 있소.

　초등학교에 갓 들어간 1학년 때였소. 오줌이 마려웠던 나는 동동거리며 화장실로 달려갔습니다. 가랑이를 벌리고 수

렁 같은 똥통을 내려다보며 시원하게 오줌을 누고 있었소. 그때 남자 동무들이 벌컥 문을 열어젖히고는 고추 달린 놈이 앉아서 오줌 눈다, 고추 달린 경순이라며 큰 소리로 놀려대 었소. 순간 내 고추는 쪼그라들어서 오줌은 뚝 끊기고 나는 그만 쪼그려 앉은 채로 엉엉 울어버렸던 기억이 나오. 어머니가 절대로 앉아서 오줌 누지 말라고 신신당부했지만 급한 마음에 나는 쪼그려 앉고 말았던 거지요. 그때 나는 여덟 살이었고 경순이었고 여자애였을 거요.

차마 고백이란 말로 미화시키지 않겠소. 그저 내 유년의 한 토막을 당신에게 보여주고 싶었을 뿐이오. 그게 전부입니다.

부디 내가 당신을 사랑하지 않았다는 단정만은 하지 않기를 바랍니다.

나는 분명히 당신을 여자로, 아내로 사랑했습니다. 나는 당신이 상처받지 않기를 바랍니다.

이번 주말에 울산으로 갑니다. 당장 입을 옷 몇 가지만 챙겨 가겠소. 원룸이라 세탁기며 냉장고, 가스레인지는 모두 구비되어 있다고 합니다. 사는 데 불편함은 없을 듯합니다. 간밤에 당신의 방에서 기침 소리가 나는 걸 들었소. 약 챙겨 먹고 심하면 병원에 꼭 가보도록 하오.

남편은 중환자실에 누워 있습니다. 하루 딱 두 번, 오전 11시와 오후 7시에만 면회가 가능합니다. 위독하다던 남편은 사흘째 삶의 끈을 잡고 버티는 중입니다. 세희와 세준이가 다녀갔습니다. 두 번의 면회를 마친 뒤 딱히 머무를 곳이 없는 아이들을 일단은 집으로 돌려보냈습니다. 너무 울어 얼굴이 퉁퉁 부은 세희는 아빠의 볼을 한참이나 쓸어내리다 무겁게 걸음을 돌렸습니다. 세희는 아빠를 좋아했습니다. 아빠가 회사를 옮겨 한 달에 한두 번만 거제 집에 다녀갈 수 있단 말에 다 같이 이사를 하면 안 되느냐고 조르기도 했습니다. 엄마랑 너희는 학교 때문에 안 돼. 딱 잘라 말하는 내 말에 세희는 뾰로통한 얼굴을 하고는 나라도 아빠 따라갈까 하며 엉겨 붙었습니다. 남편은 그저 세희의 등을 토닥일 뿐 말이 없었습니다.

직장을 옮긴 남편은 약속대로 한 달에 한 번, 매월 마지막 주말에만 집에 다녀갔습니다. 토요일 오후 세희와 세준이가 학원에서 돌아올 시간에 맞춰 집에 도착해서는 함께 저녁을 먹고 아이들과 이야기를 나눕니다. 남편은 아이들의 말에 귀기울입니다. 그동안 나는 설거지를 하고 세탁기를 돌리고 과일을 깎아 냅니다. 아이들이 각자의 방으로 들어가면 나는 안방의 침대 옆 바닥에 이부자리를 폅니다. 밤이 깊어져서야 남편은 조용히 방으로 들어옵니다. 샤워를 마치고 나오면 남편은 왼손등을 이마 위에 올리고는 자는 듯 누워 있습니다. 스킨을 바르고 로션을 바릅니다. 화장대 위에는 장미 향 보디로션이 몇 달째 그대로 놓여 있습니다. 그 뒤로 한 번도 쓰지 않았습니다. 내일은 버려야지 하면서도 쉽게 버리지 못합니다. 불을 끄고 자리에 눕습니다. 우리는 같은 방에 있지만 나는 침대에서, 남편은 바닥에서 따로 잡니다.

남편이 돌아눕는지 이불이 바스락거립니다. 이쪽으로 돌아누웠겠지요. 남편은 잠자리에서 늘 나를 바라보며 눕곤 했습니다. 신혼 때 돌아누운 남편을 보고 버림받은 거 같아 싫다고 말한 뒤로 남편은 항상 나를 향해 누웠습니다. 나는 어둠 속에서도 남편의 얼굴과 마주하기가 두려워 돌아눕습니다. 내 등을 보며 남편 또한 외로워질 것입니다. 손만 뻗으면 닿을 곳에 남편은 누워 있습니다. 내가 손을 내밀면 남편은 내 손을 잡을지도 모릅니다. 내가 손을 뻗어주어야 한다는 걸 압니다. 남편을 향해 튼튼한 동아줄을 내리고 끌어올려 주어야 한다는 것도 압니다.

담당 의사의 말에 의하면 매일 밤, 매일 낮이 고비입니다. 장기는 파열되고 늑골은 내려앉았습니다. 살아날 수도 죽을 수도 있는 오늘입니다. 나는 남편이 갑자기 눈이라도 뜰까 멀찌감치 서 있습니다. 잔뜩 부은 얼굴에 산소 호흡기를 하고 링거병을 주렁주렁 매달고 남편은 누워 있습니다. 깁스를 한 오른쪽 다리가 허공에 대롱대롱 매달려 있습니다. 나는 비켜서서 남편을 바라봅니다. 가까이 가셔도 되는데요. 간호사의 말에도 나는 매번 이렇게 서 있습니다. 얼룩덜룩한 화장 때문에 피에로 같던 남편의 얼굴은 깨끗해졌습니다. 간호사가 물수건으로 닦아주었겠지요.

남편의 생일입니다. 나는 오늘 남편을 깜짝 놀라게 할 생각입니다. 아침 밥상에 소고기 미역국을 올리며 부러 미안한 표정을 지었습니다.

여보. 미안해서 어쩌죠. 나 오늘 당직이라서 오전에 출근도 해야 하고. 오후엔 김 선생 애 돌잔치가 있어서 진해에도 다녀와야 하고.

나는 괜찮아요. 신경 쓰지 말고 다녀와요.

정말 미안해요. 가는 김에 친정에서 하루 자고 올게요. 애들도 할머니 보고 싶다고 따라가겠다 그러네요.

그렇게 해요. 빈손으로 가지 말고.

오전 당직을 마친 나는 아이들을 진해의 외가에 데려다주었습니다. 남편은 늦은 오후에 가까운 산이나 다녀오겠다 했으니 지금쯤 산중턱을 열심히 오르고 있을 겁니다. 오는 길에 남편 나이만큼의 장미와 풍성한 안개로 만든 꽃다발을 사고 집 앞 빵집에서 남편이 좋아하는 고구마 케이크와 무

알콜 샴페인을 샀습니다. 와인과 안줏거리는 미리 냉장고에 넣어뒀으니 오늘 밤은 부부만의 은밀한 시간이 될 것입니다. 남편이 골라준 보라색 속옷을 입고 남편이 사다준 분홍색 슬립을 입어야지요. 결혼기념일에 받은 루비 목걸이와 반지로 한껏 멋을 내야겠어요. 남편은 마른 장밋빛 립스틱을 좋아하니, 백화점 갔을 때 남편이 직접 골라준 랑콤 립스틱도 발라야겠어요. 향수는 뭐가 좋을까. 백합 향이 은은한 아나이스 아나이스로 뿌리면 좋겠네요. 이 정도면 충분합니다.

매해 미역국과 케이크로 조촐하게 생일을 보내다 남편이 설계팀장으로 승진한 올해, 특별히 둘만의 시간을 만들려 하니 감흥 없는 내 성격에도 들뜨고 설렙니다. 감성이 풍부한 남편이 무척 기뻐하겠지요.

현관 열쇠를 꽂고 조금씩 돌립니다. 소리가 나면 안 되니까요. 혹시나 산행을 일찍 끝낸 남편이 돌아와 있으면 곤란합니다. 현관에 등산화가 보이지 않습니다. 다행히도 아직 돌아오지 않았나 봅니다. 인기척은 없지만 확실히 해서 나쁠 것 없지요. 핸드백과 케이크를 거실 테이블에 내려놓고는 살금살금 고양이 걸음으로 안방으로 향합니다. 방문 틈으로 불빛이 새어나옵니다. 몸을 둥글게 말고 숨죽이며 손잡이를 천천히 돌립니다. 스탠드 불이 켜져 있네요. 낮에는 켜지 않는 조명인데 이상합니다. 문을 조금 더 열어 봅니다. 인기척이 느껴집니다. 남편이 벌써 돌아온 걸까요. 백합 향이 납니다. 오늘은 향수를 뿌리지 않았는데……. 침대 위에 놓인 실크 스카프가 보입니다. 지난 생일에 남편이 선물한, 가장 아끼는 스카프입니다. 나는 몸을 세웁니다. 열 수도 닫을 수도 있는 문 앞에 나는 서 있습니다. 방 안을 밝히는 스탠드 불빛 아래로 누군가의 그림자가 보입니다. 화장대 앞에 앉은 누군가의 뒷모습이 보입니다. 눈썹을 그리고 아이섀도를 칠하고 랑콤 립스틱을 발랐습니다. 셔링이 든 보라색 브래지어와 팬티를 입고 분홍색 슬립을 입고 있습니다. 핏빛 루비가 목덜미에서 반짝입니다. 방 안 가득 아나이스 아나이스의 백합 향이 아찔하게 퍼져 있습니다. 한껏 멋을 낸 그 여자가 일어나 거울을 바라봅니다. 머리는 짧고 어깨는 벌어지고 턱에서는 푸르스름한 수염이 자라 나오기 시작한 여자. 아아. 남편입니다.

사흘 전 깊은 밤에 남편은 단장을 했습니다. 눈썹을 그리고 아이섀도를 칠하고 립스틱을 발랐겠지요. 남편의 입술엔 어떤 색깔이 어울릴까요. 옷장을 열어 색이 고운 갈색 원피스를 꺼내 입고 커피색 밴드 스타킹을 신습니다. 침대에 한쪽 다리를 올리고 돌돌 말아둔 스타킹 끝에 발을 넣고는 천천히 풀어 올리며 허벅지로 끌어당겼겠지요. 토트백을 들고 낮은 힐을 꺼내 신습니다. 문을 열고 집을 나섭니다. 밤이라 언뜻 보면 남편은 체격이 좋은 중년의 여인으로 보일 겁니다. 남편은 인적이 드문 길을 골라 걸었을 겁니다. 사위가 고요한 놀이터를 한 바퀴 돌고 저수지를 따라 산책도 했겠지요. 손목에 토트백을 걸고는 단정한 구두 소리를 내며 그는 밤거리를 걷습니다. 남편은 깊은 밤이면 마술사의 상자 속 흰 비둘기처럼 멋지게 날아오릅니다. 주술이 풀리고 새벽이 지나기 전에 그는 짧은 비행을 마치고 상자 속으로 다시 돌아와야 합니다. 들키면 안 되니까요. 관중을 실망시키면 안 됩니다. 아내를, 아이들을 실망시키면 절대 안 되니까요.

십 분이 지났습니다. 이 방에서 나가야 합니다. 그림자는 더욱 길어졌고 윤곽은 흐릿해졌습니다. 곧 어둠이 그림자마저 지울 것입니다. 소리는 멀어지고 빛이 가라앉는 저녁이면 남편은 이 방으로 돌아왔겠지요. 혼자 밥을 먹고 혼자 차를 마시고 혼자 잠을 자고…… 오롯이 혼자였겠지요. 여윈 달이 부풀어 오르는 보름이 오고 허상의 늑대가 우우 울어대는 밤이 되면 남편은 주술에 걸린 여인이 됩니다. 머리를 빗고 화장을 하고 치마를 입고 힐을 신습니다. 조도가 낮은 밤입니다. 어둠을 디뎌 거리로 나섭니다. 무겁게 내려앉은 밤의 숨결 속으로 섞이어 들면 숨은 뜨거워집니다. 놀이터를 지나고 골목을 지나고 거리를 지납니다. 어둠의 면사포를 두르고 경순이가 걸어가고, 여인이 걸어가고, 남편도 걸어갑니다.

놀이터의 가로등에 불이 들어옵니다. 빛이 번져옵니다. 밤은 쉬이 어두워지지 못합니다. 거울 속의 나와 마주합니다. 며칠 밤을 중환자실 옆 보호자실에서 쪽잠을 자느라 지친 나의 얼굴은 초췌합니다. 화장기 없는 얼굴에 기미는 더욱 짙어지고 입술은 말라서 갈라졌습니다. 이 방에는 내가 필요로 하는 모든 것이 준비되어 있습니다. 화장품도 속옷도 갈아입을 옷도. 보호자실의 궁색한 잠자리보다 이곳이 훨씬 지내기에 편할 것입니다. 하지만 남편의 핸드백에서 열쇠를 발견하고도 이 방으로 들어오기까지 나는 계속 망설였습니다.

삐뚜름히 닫힌 클렌징 크림의 뚜껑을 천천히 돌립니다. 달큰한 크림의 냄새가 떠오릅니다. 움푹 팬 자국을 따라 크림을 덜어냅니다. 볼과 턱, 이마에 찍어 올립니다. 볼 위로 동심원을 그려나갑니다. 하얀 크림은 손길을 따라 이내 투명하게 녹아들고 차갑고 건조했던 볼이 서서히 데워지고 촉촉해집니다. 하나의 얼굴이 지워져나갑니다.

미쳤구나 당신.

산산조각난 내 얼굴은 수십 개의 조각으로 흩어집니다. 내 얼굴도 수십 개로 쪼개집니다. 흡사 피카소의 우는 여자 같습니다. 쪼개지고 나눠진 조각 속에서 내 얼굴은 일그러져 있습니다. 울었는지도 모르겠습니다. 거울을 맞고 깨진 향수는 방바닥에서 나뒹굴며 새어 나옵니다. 백합의 진한 향이 방 안 가득 차오릅니다. 백합이 가득한 방에서 잠드는 게 가장 아름다운 자살이라 들었습니다. 어쩌면 우리는 이 방에서 죽을지도 모릅니다.

남편이 나에게 사준 스킨과 로션을 바르고 남편이 나에게 사준 향수를 뿌리고 남편이 나에게 사준 슬립을 입고 서 있는 저 여자, 내 남편. 나를 사랑해서 사준 그 모든 것들이 결국 나의 것이 아니었습니다. 내 남편의 것이었습니다.

바닥이 솟구칩니다. 천정이 기웁니다. 몸속에서 큰 파도가 일렁입니다. 뒤집히고 흔들립니다. 우욱. 입을 틀어막고 화장실로 달려 들어갑니다. 머뭇거릴 새도 없이 변기를 끌어안고 그대로 게워냅니다. 근사한 저녁을 위해 비워두었던 내 속에서 노란 위액이 식도를 할퀴며 역류합니다. 몇 번을 더 토해내고서야 나는 그대로 화장실 바닥에 주저앉습니다. 쓰라린 가슴을 부여잡고 저만치 서 있는 남편을 바라봅니다. 흔들리는 동공 속에서 흐릿한 당신. 당신은 누구입니까. 남편의 붉은 입술이 달싹거립니다. 나는 문을 밀어 닫습니다. 지금 이 순간이 완전한 오해가 아니라면 불완전한 이해는 하고 싶지 않습니다. 우욱.

그건 병이고 당신은 환자야.

......

한 번이든 백 번이든 중요치 않아. 당신은 나를 기만하고 우롱했어. 사랑이란 이름으로 감쪽같이 나를 속이고 능멸했어. 망측하고 불결해.

......

이혼은 절대 안 해. 당신 때문에 내 삶 뒤틀리지 않아. 당신은 그대로 거기 있어. 문을 닫아도 내가 닫고 열어도 내가 열어. 이제부터 당신은 나한텐 유령이고 귀신이야. 무섭고 끔찍해.

톡, 티슈를 한 장 뽑습니다. 크림으로 번들거리는 얼굴을 볼부터 닦아냅니다. 맨얼굴의 내가 거울에 비칩니다. 갓 닦아낸 볼과 이마 위로 크림의 윤기가 남아 있습니다. 차가운 허물을 벗고 나는 좀 더 따뜻해져야 합니다. 최후진술 없이 남편은 유죄를 선고받았습니다. 정상 참작의 여지는 없었습니다. 그런데 지금 남편은 스스로 형을 집행하려 합니다. 안 됩니다. 정말로 내가 가혹하고 잔혹해지기 전에 남편의 말을 들어야 합니다. 진실이든 변명이든, 남편에게 들어야 합니다. 이렇게 끝나서는 안 됩니다.

가장 좋은 것은 덜 나쁜 것, 덜 좋은 것은 가장 나쁜 것.

가장 좋은 것은 묻지 않고 남편을 밀어내고 빗장걸기. 나는 상처받았습니다. 남편에게 아무것도 묻지 않았습니다. 이해하고 용서하는 것은 덜 좋은 것. 남편은 스스로 문밖으로 걸어 나갔습니다. 그리고 사 년을 기다렸습니다. 우리가 함께했던 십칠 년, 위선의 시간. 남편은 더 기다려야 합니다. 나는 정말 상처받았으니까요.

남편은 지금 중환자실에 누워 있습니다. 살 수도 있고 죽을 수도 있습니다. 하지만 이대로 죽으면 안 됩니다. 죽더라도 그 전에 나에게 변명을 하고 용서를 구해야합니다.

클렌징 크림의 뚜껑을 바로 닫습니다. 제자리에 놓고 일어섭니다. 밖은 어둡고 고요합니다. 가벼운 하현달이 사위를 밝히기 시작하는 즈음입니다. 면회시간에 맞춰 서둘러 병원으로 돌아가야 합니다. 창문을 닫고 암막커튼을 칩니다. 방안은 다시 어둠 속에 매몰됩니다. 현관으로 향합니다. 단화 속으로 오른발을 밀어 넣습니다. 부르르. 몸이 떨리어 옵니다. 코트 주머니에서 느껴지는 떨림입니다. 손을 넣어 휴대폰을 꼭 움켜쥡니다.

불길한 전화는 밤에 옵니다. 휴대폰을 꺼내 들고 폴더를 엽니다. 액정 위로 열 자리의 숫자가 또렷하게 떠오릅니다. 052로 시작하는, 병원에서 온 전화입니다. 7시 8분. 빛은 사위었지만 아직 밤은 아닙니다. 나는 전화를 받지 않습니다.

늦기 전에 들어야 할 이야기가 있습니다. 남편에게 가야 합니다. 오랜 진동이 멈춥니다.

처음 이 방에 들어올 때처럼 나는 현관에 서 있습니다. 어서 남편에게 가야 합니다. 스위치에 손을 올립니다. 타닥. 불은 켜지지도 꺼지지도 않습니다. 무덤같이 무서운 어둠입니다. 스위치에 손을 올린 채 나는 그대로 서 있습니다. 휴대폰의 진동이 다시 울립니다.

어둠에 묻힌
밤

눈을 뜬다. 한 뼘 가까이 문이 열려 있다. 너머는 짙은 어둠이다. 밤은 마분지처럼 빳빳하다. 잠옷이 흘러 한쪽 어깨와 쇄골이 드러나 있다. 나는 손으로 쇄골을 덮으며 문 쪽으로 돌아눕는다. 방문은 닫았다. 손잡이를 잡고 잠시 주저했기 때문에 기억한다. 밤 산책에서 돌아온 자정쯤이었고 어둠 속에서 원피스 잠옷으로 갈아입은 후였다. 수면 유도 앱을 자동 꺼짐으로 설정하고 한 시간쯤 듣다가 잠들었다. 앱은 꺼져 있다. 높게 매달린 유리 풍경이 흔들린다. 가족 여행으로 간 요코하마에서 엄마가 고른 풍경이었다. 얇고 투명한 유리 표면에 푸른 물고기 한 마리가 그려져 있다. 물고기는 바람을 따라 허공을 유영한다. 바닥에 쌓인 화선지 새새로 밤의 입김이 스며 바스락거린다. 문 그림자 속에서 낮은 숨소리가 들린다. 나는 베갯잇의 옅은 모링가 향을 맡으며 몸을 동그

랗게 만다. 칼에 맞는 꿈을 꾸었다. 현관의 센서등이 켜졌다
꺼진다. 문 너머로 뼈마디가 뚜렷한 발등과 길고 앙상한 손
가락이 흐릿하게 떠올랐다 사라진다. 늦었어요. 가서 주무세
요. 나는 칼 맞은 자리를 더듬는다. 발이 물러난다. 손이 사
라진다. 나는 몸을 일으켜 침대 아래로 발을 딛는다. 서늘하
다. 무릎 아래로 옷자락이 떨어진다. 문손잡이를 잡고 기다
린다. 센서등이 더는 켜지지 않는다. 방문 닫히는 소리가 희
미하게 들린다. 문을 연다. 부엌 깊숙이 푸른빛이 보인다. 나
는 일렁이는 빛을 향해 걷는다. 싱크대의 하부장 한쪽이 활
짝 열려 있다. 문 안쪽의 칼집은 텅 비어 있고 칼들은 싱크
대 상판에 질서 없이 놓여 있다. 나는 칼을 하나씩 들어 칼집
에 꽂는다. 칼 그림자가 가슴을 찌른다. 쌍둥이칼과 장미칼,
빵 나이프, 과도까지 넣고도 칼집 하나가 빈다. 가스 냄새가
난다. 불 켜진 가스레인지 위에는 아무것도 올려져 있지 않
다. 나는 불을 끄고 밸브를 잠근다. 블라인드 한쪽이 벽에 부
딪치며 탁, 탁 소리를 낸다. 방충망까지 활짝 열린 거실로 바
람이 들이친다. 나는 거실을 지나 창틀 위로 올라선다. 안전
바에 기대 발뒤꿈치를 든다. 몸을 길게 내밀자 날 수 있을 것
처럼 몸이 가벼워진다. 겹겹의 산으로 둘러싸인 이곳에서 보
이는 거라곤 송신탑과 그 꼭대기에서 점멸하는 빛뿐이다. 이
곳은 전멸했다. 도심을 향한 터널은 개통을 앞두고 무너져

내렸다. 같은 시공사에서 건설 중이던 다리는 교각만 세우다 말았다. 강의 지류를 따라 뻗은 사차선 도로는 무너진 터널 앞에서 갈 길을 잃었고 터 파기가 한창인 옆 공사장은 폭우로 인해 물웅덩이로 변해버렸다. 나는 뒤로 물러서며 창을 닫았다. 유리 풍경이 잠잠해진다. 실내용 숄을 집어 든다. 안방으로 가 노크 없이 문을 연다. 침대 위로 웅크린 뒷모습이 보인다. 허리와 어깨에 숄을 둘러주고 나는 가만히 내려다본다. 쉽게 깨지 못할 잠이다. 협탁 위엔 작은 약병이 놓여 있다. 몸을 기울여 손을 뻗는다. 가는 목이 잡힌다. 검지 아래 맥이 뛴다. 얕은 맥이다. 엄지와 네 손가락에 지그시 힘을 준다. 비틀면 쉽게 끊어질 숨이다. 안녕히 주무세요. 선생님. 나는 손을 풀어 베개 밑으로 집어넣는다. 감촉이 차갑다. 더듬어 칼등을 잡는다. 무심코 쥐었다 칼날에 베인 적이 있다. 안방을 나와 제자리에 칼을 돌려놓는다. 방으로 돌아와 침대 옆에 웅크려 앉는다. 쉽게 잠들지 못하는 밤. 선생님은 불면의 그림자가 되어 매일 밤 집 안을 헤맨다. 바닥으로 손이 떨어진다. 손끝이 방바닥에 닿는다. 찬 기운에 주먹을 쥐었다 편다. 무릎에 얼굴을 묻은 채 바닥을 더듬는다. 비릿한 콜타르 냄새가 난다. 손끝에 진득한 검은 기름이 묻어난다. 뱉은 껌처럼 끈끈하다. 침대 밑은 마치 무너진 터널 같아서 나는 차마 손을 내밀지 못한다. 어둠에 진공 포장된 나의 생래적

공포가 거기 있다. 손이 다가온다. 손이 내 손을 잡는다. 차다. 부러진 손가락들이 나의 손등을 감싼다. 나는 감은 눈에 힘을 주며 감각에 집중한다. 아빠…….

지온. 이리.

새장을 들여다보던 선생님이 내게 손짓했다. 나는 잼 병을 들고 안간힘을 쓰는 중이었고 잼의 유통기한은 오늘까지였다. 아빠는 잼 중에서도 특히 오디 잼을 좋아했다. 오디 잼을 듬뿍 바른 식빵 한 장을 진한 블랙커피와 같이 먹는 걸 즐겼다. 혀끝이 아릴 정도의 그 단맛이 힘이 된다고 했다. 생각만으로도 침이 고였지만 뚜껑은 꿈쩍도 하지 않았다. 얼얼한 두 손바닥을 바지에 문질렀다. 버려야 했지만 그러지 못했다.

서랍의 스카프도.

역광 속 실루엣은 날씬했다. 나이 마흔이었지만 출산을 하지 않은 선생님의 몸에는 군살이 없었다. 선생님은 두 번 결혼을 했지만 아이는 없었다. 아이를 갖기도 전에 두 남편 모두 죽었다. 그리고 선생님에게 꽤 많은 재산을 남겼다. 첫 번째 남편의 재산은 모두 상속받았고 두 번째 남편의 재산도 반 이상은 받게 될 터였다. 선생님의 두 번째 남편은 아빠였다.

선생님은 헐렁한 연회색 셔츠 아래 같은 색 레깅스를 입고 있었다. 곧게 뻗은 다리는 파임을 닮았다. 나는 한때 파임을 좋아했다. 가로획과 세로획만 그어대다 득획은 커녕 내 입에서 욕이 쏟아졌던 그날 처음 파임과 삐침을 배웠다. 서실을 다닌 지 이 주째였다. 먹을 갈며 일주일을 보냈고 가로세로 선을 그으며 다시 일주일을 보낸 후였다. 씨발. 이게 뭐라고. 돌겠다 정말. 아끼는 나이키 티에 먹이 튀는 줄도 모르고 나는 신문지 위로 붓을 미친 듯이 놀려댔다. 그러다 제풀에 지쳐 육인용 테이블 위로 붓을 팽개치고 스툴에 풀썩 걸터앉았다. 등 뒤에서 선생님이 말했다. 멋진 삐침이야. 난 그때 정말 막말로 빡쳐 있었기에 선생님이 날 놀리는 줄로만 알았다. 이제 됐어. 선생님은 신문지를 치우고는 그 자리에 화선지를 폈다. 매끄러운 쪽이 위로 오도록. 서진으로 화선지를 고정시킨 선생님은 먹을 묻힌 붓을 정성스레 골랐다. 붓끝은 항상 중봉으로. 화선지 위로 점 하나를 찍고 그 아래로 세로획을 반듯하게 내리 그은 뒤 선생님이 붓을 들어 보였다. 이렇게. 붓끝은 처음처럼 둥글고 반듯했다. 잘 봐. 위에서 왼쪽으로 길게 내리긋는 이게, 삐침(/)이야. 사랑하는 이의 뺨을 어루만지듯. 마지막에 위에서 비스듬히 내려오다 오른쪽으로 살짝 빼는 이게 바로 파임(\ ). 파임은 무용수의 마지막 턴처럼 강하지만 부드럽게. 선생님은 붓을 벼루에 내려놓았다. 길

영(永)이야. 알아요. 몰랐지만 안다고 했다. 이 한자에는 서예의 기본 운필법이 모두 들어 있어. 세상은 복잡하지만 그 이치는 단순한 것과 같지. 나의 어깨를 잡고 선생님이 말했다. 칭찬 하나 할까. 해볼 테면 해봐라, 하는 표정으로 나는 팔짱을 꼈다. 지온의 다리도 아주 멋진 삐침이야. 나는 그때 핫팬츠를 입고 있었고 맨발에 샌들을 신고 있었다. 싸구려 보라색 페디큐어가 도드라졌다. 곧고 긴 종아리가 삐침처럼 아주 우아해 보여. 선생님은 손끝으로 허공에 삐침을 길게 그렸다. 나는 선생님의 다리를 내려다보았다. 골반에서 허벅지 그리고 발목까지 떨어지는 선이 날렵했다. 말랐지만 탄탄한 다리였다. 마치 단단한 파임처럼.

거실장 서랍에서 검정색 스카프와 연보라색 스카프를 하나씩 꺼냈다. 새장은 창가의 키 큰 테이블 위에 있었다. 선생님은 가는 손가락으로 새장 안을 가리켰다.

알을 낳은 거 같아.

나는 새장 가까이 얼굴을 가져갔다. 십자매 한 마리가 둥지 안에 몸을 틀고 있었다. 다른 한 마리는 가름대에 올라 앉아 경계하며 뒤룩뒤룩 눈을 굴렸다.

검은 건 안 돼, 너무 어두워.

선생님은 속이 비치는 연보라색 스카프를 넓게 펴 새장 위로 덮었다.

셋이 될 수 있을까.

별 일 없다면요.

둘만 남진 않겠지.

모르죠, 그건.

지온. 우리 말이야…….

나는 한 걸음 물러섰다.

알을 깨고 새가 나오면, 다시 시작할까?

선생님은 매번 엇비슷한 질문을 되풀이했다. 밤이면 잊히는 질문들이었다. 여우비 내리는 날 다시 시작할까. 우연히 낮달을 보게 되면 다시 시작할까. 새 양말을 꺼내 신은 가을 아침에 다시 시작할까. 그래요, 그래요, 그래요.

그래요.

맨밥 같은 대답을 하고 나는 테이블에 기댔다. 서실로 쓰는 거실 가운데에 놓인 긴 직사각형 모양의 큰 테이블이었다. 얇은 모포가 깔린 테이블에는 벼루와 먹 세 쌍이 놓여 있다. 선 긋기용 신문지와 길 영이 무수한 화선지는 테이블 아래 파지로 쌓여 있고 그나마 해서를 시작한 화선지는 집게에 집혀 벽에 걸려 있다. 나는 검은 스카프의 양 끝을 잡아 빙글빙글 돌렸다. 길어진 스카프가 흡사 검은 밧줄처럼 보였다. 줄은 질겼고 팽팽했다. 나는 스카프를 테이블에 내려놓았다.

애들은 이제 오지 않을 거야.

선생님이 말했다. 나는 길 영만 쓰다 사라진 아이들을 떠올렸다. 붓걸이에는 끝이 덜 마른 네댓 자루의 붓이 걸려 있었다. 서랍 안에는 오래된 내 붓도 들어 있다.

재미가 없대.

재미야 없죠.

나 또한 그랬다. 석 달 만에 서예를 그만뒀다. 사춘기의 최고점도 이미 찍은 상태라 서서히 평정심을 되찾는 중이었다. 아빠가 선생님과 연애를 시작한 후 나에게 관대해졌기 때문이기도 했다. 일 년쯤 지나 아빠가 나에게 물었다. 셋이 같이 살까? 좋을 대로. 나는 고민 없이 대답했다. 둘이었다가 셋이 되고 다시 둘이 된 지금, 그 순간을 여러 번에 걸쳐 깊게 되새김질한 적이 있다. 싫어, 라고 말했더라면 우리 셋은 모두 온전했을까.

손톱 밑이 붉었다. 붉게 물든 엄지와 검지 끝이 아렸다. 나는 잘라 놓은 진분홍 주름지 한 장을 집었다. 손바닥만 한 주름지의 끝을 풀 묻은 손가락으로 비틀자 금세 꽃잎 한 개가 만들어졌다. 앞에 놓인 소쿠리 두 개에는 진분홍 꽃잎과 초록 이파리가 가득했다. 나는 꽃잎으로 가득한 소쿠리를 맞은편 쪽으로 밀어주었다. 대여섯 명의 보살이 초배지를 바른 팔각등 틀에 익숙한 손놀림으로 꽃잎을 붙여 나갔다. 방구석

에는 완성된 연등이 열을 맞춰 쌓여 있었다. 나는 주름지 상
자를 한쪽으로 치우고 일어섰다.

가게?

손수건을 목에 감은 할머니 보살이 올려다보았다.

머리가 아파요.

마냥 쉬워 보여도 고된 일이야.

신발을 신는데 뒤축이 자꾸 접혔다. 문턱에 걸터앉아 앞코
를 툭툭 두드렸다.

이파리를 붙이던 중년의 보살이 깜박했단 얼굴로 돌아보
았다.

행자 하기로 했다며?

나는 진홍빛 물이 든 손가락을 바지 위에 문질렀다.

이제 스무 살이 왜? 뭐가 갑갑해서.

나는 신발 한 짝은 구겨 신은 채로 일어섰다. 선원의 앞마
당에는 색색의 연등이 가득했고 바닥에는 아직 달지 않은 연
등이 색깔별로 놓여 있었다. 사다리에 올라 연등을 달고 있
는 스님의 승복 바지가 짤막했다.

밀면 이쁠 두상이긴 하다만. 그러지 마라.

할머니 보살은 마지막 꽃잎을 붙인 연등을 앞에 두고 합장
했다.

나는 연등 사이로 조각난 하늘을 올려다보았다. 손등으로

빛을 가렸다. 연등 그림자의 농담이 연등 색에 따라 조금씩 달랐다.

선원에서 도로로 이어지는 길을 이백여 미터 걸어 나오자 저만치 왼편으로 터널이 보였다. 터널은 가운데 쪽으로 완전히 무너져 내렸다. 붕괴 위험. 접근 금지. 터널 앞에는 바리케이드가 쳐져 있었다. 나는 우두커니 서서 무너진 터널을 보았다.

그곳에 들어간 적이 있었다. 개통을 며칠 앞둔 날이었다. 터널은 약간 휜 모양이었고 생각보다 길진 않았다. 빛이 들지 않는 터널 벽의 질감은 무척 차갑고 축축해서 나는 여러 번 바지 위로 손바닥을 문질러야 했다. 맞은편으로 빠져나와 몇 발짝 걸었을 때 터널은 무너졌다. 재난 영화에서 흔히 보는 불길한 전조도 없어서 나는 바람결에 닫힌 문을 보듯 잠깐 놀랐을 뿐이었다.

그날도 그랬다. 너무나 평온한 봄밤이었고 국도에는 오가는 차들이 적었다. 휴양림으로 이어지는 그 길은 산을 관통하는 지름길이라 터널이 여러 개였다. 마지막 터널을 막 빠져나와 커브를 돌 때 맞은편에서 트럭 한 대가 중앙선을 물고 돌진했다. 선생님은 운전 중이었고 아빠는 조수석 의자를 뒤로 젖힌 채 잠들어 있었다. 아빠 쪽으로 바짝 몸을 기울이고 있던 나는 아주 짧게 비명을 질렀다.

집은 너무 멀었다. 내려앉은 터널과 끊긴 다리와 어두운 길을 지나가려면 아주 먼 길을 돌아가야 했다. 터널 위를 올려다보았다. 숲은 울창했지만 산은 그리 높지 않았다. 나는 완만한 오르막을 찾아 기어올랐다. 길도 이정표도 없는 숲이었다. 몇 걸음 옮겼을 뿐인데도 이내 산 속이었다. 저쪽이라고 생각되는 방향을 향해 걸었다. 풀이파리와 나뭇가지가 뺨과 종아리를 스칠 때마다 몹시 쓰라렸다. 이제 어느 쪽이 저쪽인지 분간할 수조차 없었다. 도토리가 잔뜩 떨어진 신갈나무 밑에서 나는 완전히 방향을 잃어버렸다.

몇 시간을 헤매다 간신히 인적이 있는 숲길을 찾아 내려오는데 선원이 보였다. 밤이었고 선원의 모든 불은 꺼져 있었다. 나는 절룩거리며 선원을 향해 걸었다. 옅은 바람에 처마 끝의 풍경이 울렸다. 추에 달린 물고기가 이리저리 흔들렸다. 그 밤, 종무소 앞 툇마루에 들짐승처럼 웅크리고 앉아 나는 밤새 떨었다.

터널을 뒤로하고 걸었다. 좁은 강과 빈 도로가 나란히 뻗어 있었다. 길가에는 가로등이 늘어서 있었고 강기슭에는 잡풀이 무성했다. 풍경마저 무력해 보였다. 풀숲을 헤치자 날 수 있는 모든 것들이 동시에 날아올랐다. 나는 포갠 손등 위로 얼굴을 묻었다. 코와 눈이 간지러웠고 귓속에서 뭔가가 윙윙거렸다. 마른 땅을 미끄러져 내려가 풀 마른 자리에 서서 나는 몸을 털었다. 교각 위로 드러난 철근은 바로 서지 못해 위태로웠다. 강은 고요했다. 나는 다리를 뻗고 주저앉았다. 철심을 박은 다리로는 오래 걷지 못했다. 두 발끝이 벌어지며 등이 굽었다. 나는 손차양을 하고 하늘 끝을 바라보았다. 무언가 서쪽으로 날아가고 있었다. 해가 지는 중이어서 눈이 부셨다. 눈을 감았다. 눈꺼풀 아래로 노을의 파편이 흩어졌다. 손바닥에 모난 자갈이 짚였다. 나는 기억의 파편을 붙들었다. 아빠는 바닥에 엎드려 있었다. 한쪽 뺨은 유리 조각에 길게 찢겨 있었다. 눈꼬리로 피가 흘러 피눈물이 되었다. 뒤통수 아래 피가 흥건했다. 숨을 쉴 때마다 옆구리에서 구불구불한 것들이 뭉텅이로 쏟아져 나왔다. 튕겨져 나간 아빠의 몸은 젖은 콜타르 위에서 꾸덕꾸덕 굳어갔다. 멀리서 사이렌이 울렸고 낯선 손이 내 목을 짚었다. 나는 반파된 차 안에 갇혀 있었다. 누군가 소리를 지르며 내 가슴 위의 안전벨트를 끊었다. 목구멍으로 피가 솟구치며 숨이 터졌다.

등 뒤가 밝아졌다. 나는 바닥을 짚으며 돌아보았다. 가로등에 불이 들어오고 있었다. 형광의 푸른빛이 길 위로 점점이 떨어져 내렸다. 도로 건너에는 아파트 한 동이 비석처럼 박혀 있었다. 나는 꼭대기의 집을 올려다보았다. 불이 켜져 있었다. 집을 에워싼 어둠의 거스러미가 빛을 퇴색시켰다.

잠 못 드는 밤, 길을 내려다본 적이 있다. 길을 잘못 든 차가 있었다. 가로등을 따라 사차선을 달리던 차는 무너진 터널 앞에서 멈춰 섰다. 그리고 이내 방향을 틀어 왔던 길을 돌아 나갔다. 보통은 그랬는데 아닌 적이 있었다. 칼집에 칼을 채우고 가스레인지의 불을 끈 후였고 밤에서 새벽으로 넘어가는 시간이었다. 안개로 인해 풍경은 뭉텅뭉텅 잘려나가 있었다. 길 끝에서 붉은색 경차 한 대가 달려왔다. 감속 없이 달리던 차는 다른 차들과 마찬가지로 터널 앞에서 멈춰 섰다. 차는 곧 라이트를 켜고 천천히 십여 미터 후진을 했다. 후진으로만 빠져나오기엔 길은 너무 멀었다. 멈춰 선 차가 비상 깜박이를 넣었다. 아무도 없는 길이었다. 그런데도 차는 꾸준히 신호를 넣고 있었다. 후진도 유턴도 하지 않고 서 있던 차가 갑자기 속력을 높이더니 돌진했다. 순식간에 차는 안개 속으로 사라졌다. 나는 본능적으로 몸을 세우며 귀를 기울였다. 어떤 소리도 들리지 않았다. 타이어 밀리는 소리도, 부딪치고 부서지는 소리도 없었다. 차는 그대로 사라져버렸고 한참을 기다려도 돌아오지 않았다.

그 밤 나는 그 길을 걸었다. 늘어진 후드 티의 모자를 깊게 당겨 쓰고 운동화는 꺾어 신었다. 머리와 옷이 금세 축축해졌고 흘러내린 머리카락 몇 올이 눈을 찔렀다. 안개 속에서 불쑥 터널이 나타났다. 근처 어디에도 차가 부딪치거나 튕겨나간 흔적은 없었다. 나는 돌무더기에서 돌멩이 하나를 주웠다. 나는 뒷걸음으로 터널에서 떨어졌다. 그리고 안개에 묻힌 터널을 향해 있는 힘껏 돌을 던졌다.

낙하하는 돌은 없었다. 눈 먼 새가 물고 갔을지도 몰라 먼데 하늘을 살폈지만 돌아오는 것은 없었다. 바람이 불었다. 풀들이 일제히 한쪽으로 쏠리며 강 너머가 바라보였다. 희끗희끗한 무언가가 있었다. 나는 눈앞의 풀줄기를 한 손으로 걷어내며 미간에 힘을 주었다. 무언가 움직였는데 아주 느렸다. 흰 개일지도 모른다고 생각한 순간 풀숲 사이로 서 있는 사람이 보였다. 여자였다. 풀숲에 묻히는 키에 몸은 가늘었다. 물가의 여자는 건너편, 내 쪽을 보고 있었다. 눈의 양옆을 가린 경주마처럼 오로지 앞만 바라보고 있었기에 나를 본다고 생각했지만 꼭 그렇다고 말할 수도 없었다. 얼굴은 지워져 있었다. 나는 몇 걸음 뒤로 물러섰다. 딸깍. 소리가 들렸다. 나는 주위를 휙 둘러보았다. 아무도, 아무것도 없었다. 딸깍. 다시 소리가 들렸다. 강폭은 좁았다. 건너온 소리일 수도 있었다. 딸깍. 나는 엄지부터 말아 주먹을 쥐었다. 손가락에 힘이 들어갔다. 여자가 물속에 발을 담갔다. 그리고 망설임 없이 물속으로 저벅저벅 걸어 들어갔다. 오히려 당황한 건 나였다. 강은 좁고 깊었다. 여자는 물속으로 사라졌다. 나는 자리에서 일어섰다. 발목이 욱신거렸다. 풀숲에 숨어 잠잠

한 물 위를 지켜보았다. 물결이 일었고 그 물결이 이쪽으로 조금씩 밀려들었다. 그날 밤 중앙선을 넘어온 트럭이 그랬 듯이.

트럭이 정면에서 달려들었을 때 차는 급좌회전으로 돌았 다. 조수석부터 뒷좌석이 트럭 아래로 빨려 들어갔다. 차는 반파됐다. 한 명은 살고 한 명은 죽고 한 명은 크게 다쳤다. 트럭 운전사는 중앙선을 넘지 않았다고 주장했다. 병원으로 찾아온 보험 심사원이 마취가 덜 풀린 내게 물었다. 운전자 들은 대부분 충돌 시 좌측으로 차를 틉니다. 그 이유를 압니 까? 그가 부러진 나의 다리를 내려다보았다. 단순합니다. 본 능인 거죠. 보험 심사원은 붕대로 칭칭 감긴 내 다리를 동정 하듯 쓰다듬었다. 운전자가 계모더군요. 계모의 전남편도 비 슷한 사고로 죽었고요. 심사원의 말이 귓속에서 뱅글뱅글 돌 았다. 어지러워 눈을 감았다. 그런데 왜 아버지만 안전벨트 를 안 한 거죠?

날은 완전히 저물어 의지할 빛이라곤 푸르스름한 가로등 이 전부였다. 멀리 송신탑의 꼭대기가 붉게 깜박였다. 깊은 곳으로 물 흐르는 소리가 들렸다. 어둠 속에서 나는 물가를 응시했다. 무언가 조금씩 가까워지고 있었다. 잡풀 사이로 몸을 더 깊이 숨겼다. 잔물결이 일었다. 물결의 간격은 점점 좁아졌다. 물결의 바깥이 서서히 부풀어 올랐다. 막을 뚫고 나온 것은 둥근 머리통이었다. 나도 모르게 몸을 뒤로 빼며 주먹을 꽉 쥐었다. 곧이어 어깨가 보이고 가슴, 팔이 물 밖으로 드러났다. 허우적거리지도 않았고 비틀거리지도 않았다. 중력과 부력을 거스른 움직임이었다. 작은 머리, 좁은 어깨, 가는 팔다리. 여자였다. 여자는 젖어 있지 않았다. 몇 올의 머리카락만이 이마로 떨어져 내렸다. 모든 게 뚜렷했지만 얼굴 윤곽만은 여전히 흐렸다. 여자는 소리 없이 내게로 걸어왔다. 나는 고개를 숙였다. 여자는 맨발이었다. 발밑과 그 주위로 유리 파편과 부서진 붉은 플라스틱 조각들, 눅진한 콜타르가 널려 있었다. 여자가 내 옆에서 멈췄다. 엇갈리듯 서서 서로 다른 쪽을 바라보았다. 어깨와 어깨가 닿을 듯 말 듯 가까웠다. 나는 본능적으로 움츠렸다. 두 손등은 미세한 틈을 두고 가까이 있었다. 서늘한 기운이 흘렀다. 나는 여자의 손등을 차마 내치지 못했다.

석 달 만에 집으로 돌아왔다. 폭우가 쏟아지고 있었다. 창밖의 노을이 얼룩덜룩했다. 선생님은 먹을 갈고 있었다. 탁자 위에 놓인 술병과 약병, 물컵과 술잔이 어지러웠다. 선생님은 취해 있었다.

　지온. 이상한 일이지. 창이란 창은 다 열려 있어. 칼이란 칼은 죄다 나와 있고. 가스레인지에 불이 켜져 있을 때도 있어.

선생님은 풀린 눈에 힘을 주며 고개를 세차게 흔들었다. 나는 목발을 내려놓고 스툴에 앉아 벽에 등을 기댔다. 선생님이 먹을 돌릴 때마다 벼루의 먹물이 위태롭게 출렁였다. 먹물이 진해질수록 밤은 깊어갔다.

가스레인지 불은 누가 켰지? 칼은, 칼은 누가 뽑았을까.

선생님이 나를 보며 물었다. 방백 같은 물음이었다.

술과 약, 둘 중에 하나를 택해요.

선생님이 손을 멈추고 탁자의 술병과 약병을 번갈아 쳐다보았다.

죽고 싶지 않으면요.

살고 싶지 않아.

그럼, 죽으세요.

선생님이 초점이 흐린 눈을 간신히 내게 맞췄다.

죽고 싶으면 죽어야죠.

선생님은 입술을 깨물며 술잔을 부여잡았다. 바닥에는 소량의 위스키가 남아 있었다. 나는 잔에 술을 채워주었다.

보험회사에서 왔었죠?

선생님이 성의 없이 고개를 까닥거렸다.

뭘 묻던가요?

이것…… 저것.

선생님은 술잔을 들어 빙글빙글 돌렸다. 다른 손으로 먹을 쥔 채였다. 술잔 유리에 비친 선생님의 얼굴이 기이하게 뒤틀렸다.

뭐래요?

선생님은 대답 대신 술잔을 높게 들었다. 먹과 벼루를 피해 팔을 든다는 게 마치 축배를 드는 것처럼 보였다. 나는 고개를 돌렸다. 잔을 비운 선생님이 탁자 위로 머리를 떨궜다. 웨이브 진 옆머리가 탁자 위로 흘러내렸다. 어깨가 간헐적으로 들썩였는데 우는지 웃는지 알 수 없었다.

먹 가는 소리만은 참 좋아요. 스삭, 스삭.

나는 선생님의 손등을 감싸며 위에서 먹을 잡았다. 먹을 빼내려는데 선생님이 먹을 움켜쥐었다. 취중의 무의식적 행동이 아니었다. 고개는 떨구고 있었지만 그것은 의식적인 힘이었다.

선생님 잘못이 아녜요. 나는 먹을 흔들었다.

네 잘못도 아니야. 선생님은 먹을 놓지 않았다.

저라도 그랬을 거예요. 나는 손끝에 지그시 힘을 넣어 먹을 다시 흔들었다.

이상하지 않니? 선생님은 더하거나 덜한 힘도 아닌 은근한 악력으로 먹을 잡고 버텼다. 오래 먹을 간 사람의 손쉬운 요령 같아서 나는 오기가 생겼다.

뭐가요? 나는 먹을 선생님 쪽으로 세게 밀었다. 먹의 밑동이 기우뚱했다.

그날, 네 아빠 분명히 안전벨트를 했었어. 손목이 기우는데도 선생님은 버텼다.

먹을 사이에 두고 손과 손이 힘과 힘으로 맞섰다. 빗소리에 거실의 모든 잡음은 묻혔다. 들이친 빗물이 바닥의 파지 위로 툭툭 떨어졌다. 새장에 덮어둔 스카프의 끝자락이 바람에 들썩거렸다. 새장 속은 조용했다.

왜 그랬어요? 내가 물었다.

왜 그랬을까? 선생님이 나를 보았다.

툭, 힘이 풀리며 손목이 안쪽으로 꺾였다. 먹이 미끄러지며 벼루의 먹물이 튀었다. 나는 먹을 쥔 채 몸을 뒤로 뺐다. 스툴이 바닥에 끌리며 거친 소리를 냈다. 내 손목과 손등에 먹이 흥건했다. 튄 먹물이 나의 흰 셔츠 위에 점점이 박혀 있었다. 나는 셔츠의 양쪽 끝을 잡아 펼쳤다. 올 위로 작고 검은 점들이 미세하게 번져 나갔다. 선생님은 빈손을 들어 올리며 나를 보았다. 아래로 내보인 손이었다. 위로 들어 보이는 손과의 느낌이 확연히 달랐다. 항복이 아닌 항변이었다. 나는 아무 짓도 하지 않았어. 손짓은 그렇게 말하고 있었다.

선생님은 손을 내려 벼루에 걸쳐놓은 붓을 잡았다. 서수필이었다. 쥐 수염으로 만든 붓으로, 아빠에게 받은 선물이었다.

지울 수 있어. 아무 일도 없었던 것처럼.

선생님은 붓에 먹을 담뿍 묻힌 뒤 붓끝을 오래 다듬었다. 취해 있었지만 숙련된 동작은 세심했다. 나는 버티고 서서 이를 지켜보았다. 선생님의 손짓에도 나는 꼼짝하지 않았다. 선생님이 스툴에 앉아 내 손목을 잡아끌었다.

움직이지 말고. 가만히. 가만히.

붓끝이 셔츠 자락으로 떨어졌다. 누운 붓이 중봉으로 일어섰다. 붓끝 아래 먹이 샘처럼 고였다. 흩뿌려진 먹점과 먹점 위로 붓이 흘렀다. 점과 점이 이어지며 선이 되었다. 붓의 움직임은 부드러웠으며 먹의 농담과 힘의 강약은 능숙했다. 선은 강직하고 단단하면서도 마르지도 습하지도 않았다. 흰 셔츠 위로 여섯 이파리의 난이 돋았다. 붓을 벼루에 걸치며 선생님은 숨을 깊게 내쉬었다. 선생님의 눈 밑이 가늘게 떨렸다. 선생님이 손을 뻗어 내 왼쪽 가슴에 댔다. 손바닥 아래서 내 심장이 뛰었다. 선생님이 낮게 읊조렸다.

깨진 하늘이 아물 때에도
가슴에 뼈가 서지 못해서

선생님은 내 양쪽 눈을 번갈아가며 찬찬히 들여다보았다. 어느 쪽의 눈빛이 진짜인지를 구별하고 겹눈 아래 진심을 캐

내려는 사람처럼. 나는 선생님의 눈동자를 번갈아 바라보았다. 쓰게 웃으며 선생님이 벼루 옆을 톡톡 두드렸다.

시야, 시.

벼루 밑에는 먹이 새지 않게 반절 신문지가 깔려 있었다.

선생님이 탁자 끝을 붙잡고 힘겹게 일어섰다. 약기운에 몸을 제대로 가누지 못했다. 선생님은 비틀거리며 안방 쪽으로 걸어갔다. 문이 닫혔다. 나는 먹 묻은 검지로 벼루 밑의 시를 더듬었다. 글자가 하나씩 지워졌다. 선생님은 완전히 망가져 버렸다. 나는 목발을 짚어 거실과 베란다의 열린 창을 하나씩 닫았다. 맞바람이 가라앉으며 집안은 고요해졌다. 바닥은 빗물에 젖어 있었다. 개수대에 처박힌 칼들을 하나씩 제자리에 끼워 넣었다. 식탁 위 노란 전등의 불빛이 흐렸다. 칼을 꽂을 때마다 날카로운 칼 그림자가 내 가슴을 지나며 심장을 베었다. 장례식장서 친할머니는 선생님에게 진짜 칼을 집어 던졌다. 칼은 선생님이 앉은 자리 바로 앞바닥에 정확히 내리 꽂혔다. 죽어. 모두가 놀라 물러섰다. 할머니는 누가 누구를 잡아먹고, 누구 때문에 누가 죽었다는, 그게 다 저 잡것 때문이어서 땡전 한 푼도 어림없다고 소리치다가 끝내 혼절했다. 검은 소복 차림의 선생님은 칼을 뽑아 치마 아래 묻었다. 무릎을 꿇고 등은 세워 반듯하게 앉아 기기괴괴한 표정으로 무언가를 중얼대는 선생님의 모습에 사람들은 기가 질렸다. 장례를 마치고 병원으로 온 고모는 내 다리를 붙들고 선생님은 울지 않았다는 것을 강조했는데 울지 않은 건 나도 마찬가지였다.

강물이 깊게 흘러서 물결은 잠잠했다. 나는 귀를 기울여 윙윙대는 물떼 소리를 들었다. 귓바퀴 안에서 끝없이 이명이 일었다. 무너진 터널 속으로 붉은 경차가 완전히 사라진 후 나는 밤마다 산책을 나갔다. 터널을 향해 부질없이 돌을 던지기도 했고 가로등 아래 서서 내 그림자를 지근지근 밟기도 했다. 물가에 숨어 상판 없는 다리 위를 걷는 상상도 했고 송신탑 꼭대기의 등이 점멸할 때마다 박자를 맞추듯 눈을 깜박이기도 했다. 내가 밖을 헤매는 동안 선생님은 약을 먹고 술을 마셨다. 불을 켜고 칼을 뽑고 창문을 열고 다니며 집 안을 헤맸다. 나는 산책을 끝내고 집으로 들어갈 때면 습관적으로 열린 창을 올려다보았다.

손등과 손등이 맞닿았다. 익숙한 향이 났다. 가는 팔다리와 밋밋한 가슴은 언뜻 보면 소년처럼 보이는데 반바지 아래 드러난 허벅지와 무릎은 살점이 뜯겨 허연 뼈마디가 드러나 있었고 마른 핏줄기가 발등까지 흘러 있었다. 엄지발톱의 보라색 페디큐어가 지저분하게 벗겨져 있었다. 딸깍, 소리가 났다. 발밑에는 검은 콜타르와 부러진 풀줄기뿐이었다. 유리 파편 위로 부서진 붉은 사이드 미러가 보였다. 가로등 빛에 미러가 반짝였다. 딸깍, 다시 소리가 났다. 나는 고개를 돌렸다. 여자는 절룩거리며 내게서 멀어지고 있었다. 여자의 오른손 아래로 뭔가가 끌렸다. 검은색 벨트였다. 끊어진 끝이 너덜거렸다. 딸깍, 딸깍. 나는 귀를 막았다. 보험 심사원은 내게 물었다. 왜죠, 왜 아버지만 안전벨트를 안 한 거죠? 안전벨트를 하고 있었다면 살았을지도 모릅니다.

몰라요. 모르겠어요. 기억이 안 나요.

나는 세차게 고개를 흔들었다. 그리고 네발짐승이 되어 강둑을 기어올랐다. 철심이 박힌 오른발이 맥없이 밀렸다. 왼발로 기슭을 디디고 마른 풀을 움켜쥐며 몸을 일으켰다. 풀에 벤 볼과 목덜미가 쓰라렸다. 길 어느 쪽으로도 여자는 보이지 않았다. 나는 무의식적으로 엄지를 접었다 폈다. 아무것도 기억나지 않았다.

아파트를 향해 걸었다. 외진 곳에 외로 선 아파트. 불 꺼진 집집들. 그 속에 켜켜이 누워 잠들었을 지친 영혼과 육신들. 나는 다리를 절룩거리며 길을 건넜다. 공사장 물구덩이를 따라 크게 돌았다. 구덩이에는 때늦은 모기떼가 들끓었다. 신발 밑창에 젖은 흙이 들러붙어 발은 더 무거워졌고 발걸음은 느려졌다.

경비실은 잠겨 있었다. 나는 후드 티의 모자를 벗으며 위를 올려다보았다. 거실창이 닫혀 있었다. 불도 꺼져 있었다. 쉽게 잠든 밤일지도 몰랐다. 관목 속에 잿빛 고양이가 웅크리고 앉아 나를 경계했다. 바닥의 참치 캔이 보였다. 뒤로 꺾인 캔 뚜껑의 테두리가 날카로웠다. 고양이는 울지 않았다. 캔 뚜껑에 혀가 잘린 고양이를 상상하자 입안에 피 맛이 돌았다. 나는 주차된 차의 보닛을 짚고 운동화의 흙을 털었다. 밑창의 진흙이 족적 그대로 떨어져 나갔다. 신발 끝으로 흙을 문대버리고 다시 모자를 덮어 썼다. 주머니에 양손을 찔러 넣고 나는 어둠 속에 부랑자처럼 서 있었다. 절룩거리며 엘리베이터 앞으로 갔다. 엘리베이터는 사 층에 멈춰 있었다. 상행 버튼을 눌렀다. 막상 엘리베이터가 내려왔을 때 나는 타지 않았다. 이미 늦은 밤을 더 늘리지 못해 안달 난 사람마냥 나는 최대한 시간을 지체했다. 초록 비상등을 따라 계단을 하나씩 밟아 올라갔다. 한 번에 한 계단씩 디뎌 십사 층까지 오르려면 오랜 시간이 필요하다. 층이 바뀔 때마다 머리 위로 등이 켜졌다. 나는 어깨를 잔뜩 움츠렸다. 바닥으로 내 그림자가 엎어졌다.

손잡이를 놓자 짧은 잠김음과 함께 문이 닫혔다. 센서등이 켜졌다가 꺼졌다. 창은 모두 닫혀 집 안은 적막했다. 현관 앞에 놓인 신발은 평소 그대로였다. 선생님은 외출을 거의 하지 않았다. 약이 떨어질 때만 병원에 가기 위해 나가는 게 외

출의 전부였고 몇 군데의 병원을 돌며 같은 약을 잔뜩 받아 돌아왔다. 의사는 중독과 부작용을 경고했지만 선생님은 개의치 않았다. 나는 어둠이 눈에 익기를 기다려 부엌으로 갔다. 가스 냄새는 없었다. 싱크대 위는 깨끗했고 하부장에는 칼이 빈자리 없이 꽂혀 있었다. 부엌과 마주한 안방 문은 닫혀 있었다. 나는 잠시 주저하다 손잡이를 천천히 돌렸다. 선생님은 없었다. 어두운 방의 침대는 누운 흔적 없이 깨끗했고 매트리스의 한 곳만 앉은 자리 모양으로 눌려 있었다. 손을 뻗으면 침대 옆 협탁이 닿을 자리였다. 협탁 위에는 약통이, 바닥에는 마시다 만 술병이 놓여 있었다. 나는 오목한 자리에 오도카니 앉은 선생님을 생각했다. 무감한 얼굴은 희미했다. 놀랍도록 기억나지 않는 얼굴이었다. 나는 그 자리에 앉아보려다 그만두었다. 불편한 다리를 접으며 침대 옆 바닥에 내려앉았다. 두 손으로 바닥을 짚었다. 상체를 낮춰 한쪽 뺨을 바닥에 댔다. 침대 밑은 더 어두웠다. 그 밑으로 팔을 뻗어 보았다. 마른 먼지만이 손바닥에 쓸렸다. 최대한 팔을 길게 뻗어 손을 내밀었지만 다가오는 손길은 없었다. 나는 몸을 일으키며 손바닥을 바지에 문질렀다. 그리고 약병의 약을 한 움큼 덜어 바지 주머니에 쑤셔 넣었다.

테이블 끝에 서서 거실을 둘러보았다. 벽에 걸린 화선지의 길 영을 눈으로 따라 써보았다. 영, 영. 나는 영원히 생매장된 삶을 살며 그 이전으로는 영영 돌아가지 못할 것이다. 어둠 속의 새장은 비어 있었다. 작은 문은 열려 있었고 새장을 덮었던 연보라색 스카프는 보이지 않았다. 검은 십자매 두 마리도 사라졌다. 아침에 낳았다는 알도. 애초부터 없었을지도 모른다. 테이블을 지나 새장 쪽으로 걸었다. 탁자 위에는 마른 벼루와 먹, 서예 교본뿐이었다. 스카프, 검은 스카프가 보이지 않았다. 나는 손으로 목을 감쌌다.

불 꺼진 부엌에서 머그컵 가득 물을 채웠다. 발등으로 물이 툭툭 떨어졌다. 그믐, 밤이었다. 해와 달이 함께 뜨고 함께 졌다. 빛이 없으니 그림자도 없었다. 눈에 설어 귀가 서는 밤이었다. 또옥, 똑. 물 떨어지는 소리가 들렸다. 발밑이 희미했다. 닫힌 문 아래로 빛이 새어 나왔다. 자로 대고 그은 듯한 얇은 빛이었다. 욕실이었다. 욕실은 내 방과 마주 보고 있었다. 나는 방문 손잡이를 놓고 욕실 쪽으로 돌아섰다. 또옥, 똑. 다른 기척은 없었다. 나는 욕실 문 위로 손을 뻗었다. 노크를 하려다 멈췄다. 손을 내려 손잡이를 잡았다. 손마디에 힘이 들어갔다. 욕실은 여느 집과 다를 바 없는 구조였다. 문을 열고 들어가면 좌측에 변기와 수건장이 있고 그 옆으로 세면대와 전면 거울이 있다. 안쪽에는 정사각형의 샤워 부스가 있다. 부스에는 해바라기 샤워기가 높게 달려 있다. 문틈의 빛을 지켜보았다. 어른거리는 그림자는 없었다. 나이테 무늬의 욕실 문을 뚫어져라 응시했다. 나는 손잡이를 놓았다.
그리고 한 걸음 뒤로 물러섰다. 빈 오른손을 왼쪽 가슴에 갖
다 댔다. 흰 셔츠의 까슬한 감촉 아래 먹선의 미세한 질감이
느껴졌다. 셔츠 자락을 움켜쥐었다.

　　　　　깨진 하늘이 아물 때에도
　　　　　가슴에 뼈가 서지 못해서
　　　　　나는 무너지는 둑에 혼자 섰다.

　물을 마셨다. 천천히 다 마셨다. 주머니에 든 약을 만지작
거렸다. 부엌으로 돌아가 컵을 깨끗이 씻어 건조대에 올려
두었다. 젖은 손을 수건으로 꼼꼼히 닦았다. 그리고 밸브를
열어 가스레인지를 켰다. 푸르스름한 불이 올라왔다. 하부장
을 열었다. 칼들은 제 칼집에 얌전히 꽂혀 있었다. 나는 그것
들을 하나씩 꺼내 조리대 위에 늘어놓았다. 칼 그림자가 셔
츠의 난잎을 툭툭 베며 연거푸 가슴을 찔렀다. 칼들을 이리
저리 흩뜨렸다. 가스 냄새가 훅 끼쳤다. 두 손으로 싱크대의
모서리를 붙들었다. 상체를 숙이고 헛구역질을 했다. 숨을
머금고 거실을 지나 창가로 갔다. 창을 열자 바람이 쏟아져
들어왔다. 벽에 걸린 화선지가 크게 들썩이더니 다시 가라앉
았다. 나는 창틀 위에서 발돋움했다. 몸이 앞으로 쏠렸다. 안

전바에 기댄 몸을 접어 숨을 몰아쉬었다. 발끝이 들리며 몸이 그네를 탔다. 바를 잡은 두 손에 힘을 주었다. 아래로 쏠린 머리카락이 뺨과 눈썹, 입꼬리에 달라붙었다. 나는 눈을 가늘게 떴다. 보이는 것보다 보이지 않는 것이 더 많았다. 사차선의 가로등 불빛이 전부였다. 길 끝에서 차 한 대가 나타났다. 차는 굴광성 식물처럼 빛을 따라가고 있었다. 경차였고 붉은 색이었다.

영영, 어둠에 묻힌 밤.

---

* 인용한 시는 김광섭의 시 「생의 감각」의 부분이다.

편서풍

이국의 라디오를 듣는다. 묽게 흐르던 재즈가 제자리에 고인다. 버퍼링 중이다. 영인은 폰을 내려놓고 찻잔의 티백을 건져낸다. 유리잔 속으로 웅크린 뒷모습이 보인다. 민달팽이처럼 작은 몸이다. 모노륨 장판의 옹이 무늬가 도드라진다. 걸레로 바닥을 훔치는 엄마의 손이 말랐다. 닦고 또 닦아도 옹이는 지워지지 않는다. 흉터라고 부르지 말라. 한때는 이것도 꽃이었으니. 비록 빨리 피었다 졌을지라도.* 어느 시의 첫 구절이 떠올랐다. 영인은 창가로 걸어간다. 부러 옹이 무늬를 골라 밟는다. 엄마가 야속한 눈으로 돌아보지만 영인은 무감하게 밖을 내다본다. 누런 하늘과 뭉개진 구름이 먹 조절에 실패한 수묵화처럼 번진다. 교정의 깃발이 팽팽히 날리고 가로수들은 일제히 한쪽으로 몸을 꺾는다. 서쪽과 동쪽의 농담이 확연히 달랐다.

황사야…….

창을 닫으며 영인이 나지막이 말한다. 엄마의 빈 걸레질은 하염없다. 물기에 살아난 옹이가 굴레가 되어 엄마를 가둔다. 마른 손으로 빈 가슴을 문지르던 엄마가 제 안의 옹이마저 어쩌지 못해 가슴을 친다.

오후 들어 콜이 늘었다. 황사에 관한 클레임이 대부분이었다. 북서쪽 하늘에 대고 삿대질을 하다 지친 사람들 중 몇몇이 남은 분을 콜센터에 풀어댔다. 그들은 예측의 정확성에 관한 항의로 시작해 나라님 욕으로 넘어가 정권 교체로 심판하겠다는 황당한 엄포를 놓고도 한참을 씩씩거리다 전화를 끊었다. 영인은 스톱 버튼을 누르고 헤드셋을 벗었다. 귓가에 남은 고성이 양쪽 귀를 번갈아 울려댔다. 오른쪽 관자놀이를 지그시 누르며 타이레놀 반쪽을 물 없이 씹어 삼켰다. 계절에 따라 바람의 방향도 변한다. 바람의 강약도 순간순간 달라진다. 무엇을 순풍이라 부를 수 있을까. 순풍은 어디서 불어오고 어디로 불어가는 것일까. 바람은 모두에게 다르게 분다. 때로는 앞에서 부는 바람이, 때로는 뒤에서 부는 바람이 순풍이 될 수 있다. 순풍에 마땅한 필요조건이란 게 있을까. 영인은 다시 헤드셋을 썼다.

안녕하십니까. 기상콜센터 상담사 이영인입니다. 무엇을 도와드릴까요?

저기요. 저는 초등학교 3학년, 김진준데요. 궁금한 게 있어요.

여름볕처럼 쨍쨍한 목소리였다. 말의 높낮이는 일정했고 말투에는 주저함이 없었다. 아이는 낯선 이에게 자신의 신분과 이름을 밝히는 데 전혀 거리낌이 없었다. 원만한 가정에서 잘 자랐을 것이며 몸과 마음에 아직은 어떤 손상도 입은 적이 없는 건강한 아이일 것이다. 영인은 아이가 가진 그 순진의 막대함이 부러웠다.

네. 궁금한 게 뭐죠?

지금 과학 숙제를 하고 있어요. 바람에 관한 거고요.

네.

바람이 불면 우리는 바람에 이름을 붙이잖아요. 동풍, 서풍, 남풍 그리고 북풍 이렇게요.

네. 맞습니다.

그럼요. 그 이름은요. 불어오는 쪽을 말하나요, 아님 부는 쪽을 말하나요? 그러니까 서풍이라 치면요. 서쪽에서 부는 걸 말하나요, 아님 서쪽으로 부는 걸 말하나요? 저는 부는 쪽이라고 하는데 친구는 자꾸 불어오는 쪽이래요.

네, 그건.

잠깐만요, 언니.

아이가 영인의 말을 잡아챘다. 언니라니. 붙임성까지도 좋은 아이였다.

스피커폰을 켤게요. 해피밀 내기를 했거든요. 친구랑 꼭 같이 들어야 해요.

잠시 소란스럽던 수화기 너머가 갑자기 조용해지더니 전화가 뚝 끊겼다. 버튼을 잘못 누른 모양이었다. 다른 자리는 모두 연결 중이었다. 영인은 아이의 전화를 기다렸다. 바로 콜이 떴다.

충성, 일병 김선호.

각 잡힌 목소리였다. 아이가 아니었다. 마주 앉아 해피밀 세트를 먹는 두 소녀가 떠올랐다. 아이야, 서풍은 서쪽에서 불어오는 바람이란다. 영인은 모니터의 시계를 보았다.

김 일병님. 오늘은 좀 이르네요.

소대의 주소를 입력하며 영인이 말했다. 소대는 동해안과 인접한 최전방에 위치했다. 경계 근무가 삼엄하고 작전 훈련이 많은 곳이었다.

곧 산악 훈련을 나가야 합니다. 새벽 예보 가능합니까?

기온, 풍향, 풍속은 오늘과 비슷해요. 황사 주의보 유효하구요.

기상 예보 확인은 말단 사병의 업무 중 하나였고 김 일병이 선임에게 넘겨받은 지 이제 이 주째였다.

자정 무렵부터 새벽까지 적설량 5밀리미터 내외의 눈 예보도 있네요.

아, 눈…… 눈 옵니까?

김 일병이 물었다. 폭설을 맞은 것처럼 말끝이 무너졌다. 눈을 좋아하는 남자는 있어도 눈을 좋아하는 군인은 없다. 그것도 최전방의 군인이라면 더더욱.

쓸 정도로 쌓이지는 않을 거예요. 봄이니까요.

그랬으면 정말 좋겠습니다.

그런데 김 일병님. 거기는 인터넷이 안 되나요?

아닙니다. 느리지만 가능은 합니다.

그러면 기상청 홈페이지에서도 예보 보실 수 있으세요. 번거롭게 전화하지 않으셔도 되세요.

아…… 네, 그렇습니까.

김 일병의 말끝이 흐려졌다. 짧은 정적이 흘렀다.

그러니까 제 말은…….

괜한 참견인가 싶어 영인은 말에 군살을 붙였다.

바쁘시니까 조금이라도 편하시라고.

압니다.

…….

목소리가 그립습니다.

김 일병이 숨죽여 말했다. 수화음이 둔탁했다. 키보드 위에서 영인의 손이 멈췄다.

사람이 그립습니다. 그런데 전화 걸 데가 없습니다……. 받아줄 사람도 없는데 누군가의 목소리가 가끔 그립습니다.

영인은 키보드에서 손을 떼며 의자 등받이에 몸을 기댔다. 파티션 너머로 희붐한 창밖이 내다보였다. 두 손으로 수화기를 움켜쥔 김 일병의 작고 굽은 등이 모래 그림처럼 떠올랐다. 어느 화가의 블로그에 접속한 적이 있다. 거기서 동영상 하나를 보았다. 아무도 없는 넓은 해변에 갈퀴를 든 화가가 움직이고 있고 드론의 카메라가 그를 찍고 있다. 화가는 카고 반바지에 낡은 셔츠를 입었다. 올려 묶은 갈색 머리 아래 그을린 얼굴이 희미하다. 화가는 갈퀴로 모래 위에 그림을 그리고 있다. 갈퀴 끝에서 큰 원과 작은 원이 잇달아 생겨난다. 수많은 원이 해변 가득 퍼져 나가며 꽃과 나무가 되기도 하고 미스터리 서클이 되기도 한다. 이어진 영상 속에서 화가는 이제 바위 위에 앉아 있다. 그는 해변의 그림을 내려다본다. 그림은 해풍과 밀물에 반 넘게 지워졌고, 계속 지워지는 중이었지만 화가는 담담하다. 오히려 허무해진 건 영인이었다. 삶은 영원하지 않다, 삶은 기쁨을 주지 않는다. 화가의 인터뷰를 몇 번이나 다시 보았다. 사라지기 때문에 모래 그림은 더 감동적입니다. 화가는 그렇게 덧붙였다.

영인은 헤드셋의 수화기를 당겨 잡았다. 내일 새벽 최저 기온은……. 모니터의 기상 예보를 마저 읽었다. 목소리가 속절

없이 낮아졌다.

마지막 콜을 끝내고 일어서는데 주머니에서 진동음이 들렸다. 폰을 쥔 손목이 저렸다. 통증은 점점 심해질 거라고 의사는 말했다. 오른 손목이 특히 심했는데 전혀 힘을 쓰지 못했다. 컵을 떨어뜨려 물을 쏟거나 폰을 놓친 적도 여러 번이었다. 액정 귀퉁이에는 실금이 무참히 생겼고, 폰은 제멋대로 켜지고 꺼지고를 반복했다. 약정 기간까지는 아직 몇 달이 남아 있었다. 영인은 왼손으로 폰을 옮겨 들고는 오른 손목을 가볍게 털었다. 실금 아래로 낯선 번호가 보였다. 통화 버튼을 누르자 건조하고 투박한 남자의 목소리가 들렸다.

이영인 씨?

네, 전데요.

경찰섭니다.

대꾸도 않고 끊으려는데 남자가 말했다.

허허, 보이스 피싱 아닙니다. 여민자 씨가 여기 계세요.

네?

어머니가 지금 경찰서에 계세요. 딸 맞죠?

차라리 교통사고로 병원에 실려 갔다면 믿을까 뜬금없이 경찰서라니. 엄마는 경찰서에 잡혀갈 만한 일을 저지를 성정이 결코 못 되었다. 엄마는 소심하고 나약하고 무기력했다.

저희 엄마가 왜 거기 계시죠?

사람을 팼습니다.

말끝으로 혀 차는 소리가 들렸다.

저희 엄마 그런 사람 아닙니다. 착오예요.

나 참. 목격자가 있는데 무슨 착옵니까. 박윤재라고 알아요? 고1.

형사가 내지르듯 말했다. 아차. 영인은 빈손으로 책상을 짚었다. 손목이 화끈거렸다.

일단 경찰서로 오세요. 여민자 씨가요, 묻는 말엔 대답도 안 하고 그저 울고만 있어요.

폰을 쥔 손이 뜨거웠다. 영인은 마구잡이로 서랍을 뒤졌다. 지독한 편두통이었다. 남은 약 반쪽이 보이지 않았다.

몇 주 전이었다. 오후 근무를 마치고 돌아온 영인이 늦은 저녁을 먹을 때였다. 엄마가 데운 찌개를 식탁에 내려놓으며 마주 앉았다. 그리고 찌개에서 건져낸 묵은지를 길게 찢어 작은 쪽을 영인의 밥숟가락 위에 올려주었다. 너무 익힌 묵은지가 입속에서 흐물거렸다.

됐어. 뜨겁잖아.

묵은지 몇 쪽을 더, 먹기 좋게 찢어 놓고서야 엄마는 뒤로 물러났다. 여느 때 같으면 밥상만 차려주고는 드라마 채널부터 챙기던 엄마였다. 하지만 그날따라 엄마는 반찬 시중과 공연한 행주질로 시간을 때우며 영인 앞을 서성였다. 영인은 수저를 내려놓고 일어섰다. 냉장고 맨 아래 칸에서 마시다 남긴 소주를 꺼냈다. 그리고 작은 머그컵 두 개를 꺼냈다. 집에는 변변한 소주잔 하나 없었다. 젓가락 한 벌도 꺼내 컵 옆에 내려놓았다. 술은 컵의 바닥을 덮을 만큼만 따랐다.

난 술 못 마시잖니.

말은 그렇게 했지만 엄마는 이미 술잔을 입으로 가져가고 있었다.

네, 네.

영인도 따라 컵을 비웠다. 익은 대파는 반으로 찢어 엄마와 나눠 먹었다. 남은 소주를 컵 두 개에 똑같이 나눠 따랐다.

애를 봤어. 오늘.

엄마가 말을 꺼냈다. 술 한 잔에 눈자위가 벌써 불그스름했다.

애? 누구?

걔 말야…… 윤재.

영인은 멈칫했는데 어떻게 내색해야 할지를 몰라 그저 젓가락으로 밥알만 셌다. 반가워할 수도 없고 새삼스럽게 울 수도 없었다.

설마 잊은 거야? 그…….

영인은 대답 대신 잔을 비웠다. 목울대가 뜨거워지며 코끝이 매웠다.

다 컸더라. 벌써 고등학생이야. 열 살이던 게 언제 그렇게 컸는지……. 그래도 우리 은호만은 못하지, 키며 인물이며.

엄마가 고개를 돌려 벽에 걸린 메달을 바라보았다. 웨이크보드 대회에서 은호가 딴 금메달이었다. 은호의 꿈은 프로 서퍼였다. 누나, 난 스물이 되면 쇼난 비치로 갈 거야. 멋진 파도가 있는 바다야. 그곳엔 아주 작은 라디오 방송국도 있어. 재즈 선곡이 굉장해. 들어볼래?

괜찮아?

영인이 물었다. 엄마는 병뚜껑의 꼬리를 일없이 계속 꼬았다. 불면증과 우울증을 앓고 있는 엄마는 주기적으로 상담을 받았고 심할 때는 약도 먹어야 했다. 영인도 엄마의 약에 손을 댄 적이 있다.

대견하더라. 말이라도 붙여보고 손이라도 한번 잡아보고 싶었는데…… 그건 아니지 싶어서. 그냥 보기만 했어. 아직 그 동네 사나 봐.

영인은 엄마의 옆얼굴을 바라보았다. 처진 눈매와 입매, 흐려진 턱선 아래 목주름이 짙었다. 병뚜껑 꼬리가 기어이 뚝 끊기고 말았다. 엄마가 이번에는 병뚜껑을 안쪽으로 접어 넣기 시작했다. 시종 손을 가만두지 못했다. 영인은 손을 뻗어 엄마의 손을 붙잡았다. 엄마가 고개를 들었다. 잡은 손에 지그시 힘을 주며 영인은 엄마를 바라보았다. 엄마는 슬그머니 손을 빼더니 허리 뒤로 숨겼다. 무의미하게 고개도 끄덕였다. 입꼬리가 살짝 들린 게 웃고 있는 것도 같았다. 그때 영인은 엄마에게 좀 더 주의를 기울였어야 했다. 불안하게 흔들리던 엄마의 두 눈동자를 확인하고 입은 웃고 있지만 눈은 울고 있어 마치 피에로 같던 엄마의 뒤틀린 표정을 알아챘어야만 했다. 그랬더라면 오늘 형사의 전화는 받지 않았을지도 모른다.

붙여 놓은 장의자 두 개의 한쪽 끝으로 엄마가, 다른 한쪽 끝에는 그 애가 앉아 있었다. 키도 크고 덩치도 커졌지만 육 년 전 얼굴이 옅게 남아 있었다. 바지 밖으로 삐져나온 교복 셔츠의 아랫단에서 단추 하나가 대롱거렸다. 오른쪽 입술 위로 마른 핏물이 맺혀 있었고 뒤엉킨 머리카락은 한쪽으로 쏠려 있었다. 양 볼에는 손자국이 선명했다. 부어 오른 볼이 붉었다. 윤재는 시선을 바닥에 꽂은 채 연신 씩씩거렸다. 분이 솟구치는지 움켜쥔 두 손을 허벅지 위에서 방향 없이 문대며 오른발로 바닥을 탕탕 쳐대기도 했다. 흡, 영인은 숨을 깊게 들이마셨다.

파운데이션 자국이 얼룩덜룩한 엄마의 얼굴은 마치 해갈된 땅처럼 노곤해 보였다. 두 손엔 구겨진 휴지가 들려 있다. 엄마의 초점 없는 두 눈이 음소거된 TV 뉴스를 향했다. 영인은 엄마의 눈꼬리에 말라붙은 휴지 조각을 하나씩 떼어 냈다. 흠칫 놀란 엄마가 영인임을 알고는 두 손으로 마른 눈자위를 급히 쓸어 내렸다. 형사가 영인을 불렀다. 영인은 엄마의 등을 가볍게 쓸어주었다.

길 건너 대형마트 아시죠? 거기 보안 직원이 둘을 데리고 왔어요. 이런 자잘한 사고는 동네 지구대로 가면 될 걸 가지고 말이죠. 여튼, 추리닝 코너에서 저 아줌마가 저 애를 폭행했답니다.

형사의 손가락이 소파의 양 끝을 번갈아 가리켰다.

거기 직원이 하는 말이 따귀는 기본이고 등짝, 머리통까지 닥치는 대로 모지락스럽게 패더랍니다. 그렇게 패면서도 애한테는 한마디도 안 하더래요. 애는 소리소리 지르는데 말이죠.

영인이 뒤를 돌아보았다. 엄마가 붉은 손바닥을 멀거니 내려다보고 있었다.

처음엔 모자간인 줄 알았대요. 그런데 아이 말이 전혀 모르는 사람이래요. 아줌마는 아무리 물어도 꿀 먹은 벙어리지. 일이 그렇게 된 겁니다.

형사가 모니터에서 눈을 떼며 말했다. 성가신 표정이 역력했다.

누군지 알겠어요?

형사가 턱짓으로 윤재를 가리켰다. 영인은 대답하지 못했다. 형사가 손을 내저었다.

애 부모가 오고 있다니까 일단 기다립시다.

영인은 돌아서며 주머니에 손을 넣었다. 작은 알갱이가 만져졌다. 서랍에 넣어둔 줄 알았더니……. 정수기를 찾아 두리번거리는데 뒤에서 무거운 신음이 들렸다. TV를 보고 있던 엄마가 두 손으로 얼굴을 감쌌다. 앙상한 손가락 사이로 일그러진 얼굴이 보였다. 영인은 뉴스 화면을 올려다보았다. 화면으로 희붐한 도시의 실루엣이 보였다. 코와 입을 가리고 걸음을 옮기는 사람들 주위로 먼지바람이 일었다. 하단으로 속보 자막이 흘렀다. 강원 산간 폭설, 훈련 중이던. 영인은 TV쪽으로 한 걸음 다가갔다. 군인 3명 실종. 자막은 바로 사라졌다. 폭설, 훈련, 실종의 단어만이 잔상으로 남았다. 영인은 빈 주먹을 움켜쥐었다. 강원 산간과 동해안에 예보된 적설량은 분명히 미미했다. 폭설은 전혀 예측되지 않았다. 애초에 폭설이 불가능한 시기였다. 그곳엔 바람이 불지 않았던 걸까.

부탁 하나, 해도 됩니까?

예보를 받아 적던 김 일병이 작게 속삭였다. 피로한 목소리였다.

저…… 한마디면 됩니다.

말씀 하세요.

밖을 살피는지 잠깐 뜸을 들이던 김 일병이 좀 더 낮춘 목소리로 말했다.

저에게…… 저에게 말입니다.

영인은 가만히 기다렸다.

파이팅, 파이팅 하라고…… 한번만 말해주시면 됩니다.

수화기 너머와 이쪽이 동시에 적막해졌다.

김 일병님.

네…….

사적인 대화는 금지입니다.

그렇습니까…… 죄송합니다.

죄송할 일도 아닌데 김 일병은 죄송하다고 했다. 잘못 없이 주눅부터 든 아이처럼. 속상한 마음에 영인이 입을 다물자 김 일병도 말이 없었다. 누가 먼저 끊지도 않았다.

김 일병님.

듣고 있습니다.

……제게도 동생이 있어요.

그렇습니까.

김 일병님 또래고 이름도 비슷해요. 은호, 이은호예요.

군대는 갔습니까? 어느 부대에 있습니까?

아뇨. 아직, 아직이요.

군대는 늦게 가면 정말 힘듭니다. 얼른 가라고 하십쇼.

……그래요.

잠깐 뜸을 들인 후 김 일병이 다시 입을 열었다.

어제 꿈을 꿨습니다. 야간 보초를 서는데 제 머리 위로만 자꾸 눈구름이 모였습니다. 걷어낼 생각에 총부리로 툭 건드렸더니 갑자기 구름이 터지며 눈이 쏟아졌습니다. 무서운 꿈이 아닌데도 저는 너무 무서웠습니다.

걱정 마세요. 내일 바람이 불면 눈구름도 밀려날 거예요.

밖에서 부릅니다. 이제 가봐야 합니다.

잠깐만요, 김 일병님.

말씀하십시오.

……파이팅, 파이팅 하세요.

……고맙습니다.

영인은 김 일병이 전화를 끊기를 기다렸다가 천천히 스톱 버튼을 눌렀다. 연이어 콜이 들어왔지만 내버려두었다.

엄마가 처음부터 윤재의 뒤를 따라다닌 건 아니었다. 우연히 시작된 그림자 밟기였다. 영인의 집 근처에 고등학교가 하나 있는데 윤재가 그 학교에 다니고 있었다. 엄마는 부러 기다리지도 않았고 쫓아다니지도 않았다. 단골 분식집과 오락실을 알고 가끔 벤치에 앉아 윤재의 체육 수업을 구경하는 정도였다. 처음엔 그랬다. 우리 은호도 그랬겠지. 수업 마치면 친구들이랑 어울려서 좋아하는 튀김이랑 핫도그도 사 먹고 요즘 가수 노래도 따라 부르고 농구도 하고 그랬겠지. 백팔십이 훌쩍 넘는 사내대장부가 되었겠지…… 분명히 그랬을 거야. 영인은 위로와 위안에도 임계점이 있으며 그 지점을 넘어서면 의심과 회의로 변질될 수도 있다는 걸 몰랐다. 투영과 대입을 통해 윤재에게서 은호를 찾으려 했던 엄마가 시간이 흐르면서 오히려 은호의 부재를 절감하기 시작했다.

그 애는 여기에 있는데 우리 은호는 여기에 없어. 말이 되니?

요새 애들 다 그런다니? 윤재, 말이 얼마나 거친지. 하는 말에 반이 욕이다. 말끝마다 씨발, 씨발 하는데. 우리 은호는 어디 그런 말 할 줄이나 알았니. 하는 짓도 그래. 길바닥에 침 뱉는 건 예사고 자리 양보할 줄도 몰라. 못 본 척 폰만 들여다보는데 어찌나 민망한지. 내가 자리를 내주고 말았다. 어쩌면 그럴 수 있니. 걔는 그러면 안 되는 거야. 은호라면 감히, 우리 은호는 절대로…….

요즘 애들 다 그래.

영인은 건성으로 대답했다.

아니. 세상 모든 애들이 그렇다 해도, 그렇다 쳐도 걔는 그러면 안 된다. 윤재, 걔만큼은 그러면 안 되는 거다.

엄마는 무섭도록 단호했다.

문 안쪽을 기웃거리는 중년의 남녀가 보였다. 그을린 피부와 주름진 얼굴, 뭉툭한 손끝에서 삶의 피로와 빈곤함이 언뜻 비쳤다. 늙었다기보다는 시들었다는 말이 더 어울려 보였다. 달려 들어온 여자가 윤재의 벌겋게 부은 얼굴을 감싸 쥐고는 삭은 소리를 냈다. 여자의 울음은 바짝 메말라 있었다. 윤재가 몸을 틀었지만 여자는 아랑곳하지 않았다. 뒤미처 들어오던 남자가 구석의 영인과 엄마를 알아보고는 자리에 우뚝 섰다. 당혹스러움과 난감함이 얼굴에 비쳤다. 짧고 뭉툭한 두 손을 맞잡으며 남자가 고개를 숙였다. 육년 전처럼 말은 없었다.

형사가 손바닥을 부딪치며 자리에서 일어섰다.

자자, 다 오셨으니 이제 정리합시다. 일단 아주머니는 폭행 죕니다. 학생 부모님하고 합의 보시구요. 그리고 얘, 얘는 절도죕니다. 뭐를 훔쳤냐면요.

형사가 다가와 윤재의 허리춤과 목덜미로 손을 깊숙이 넣어 남색 옷자락을 당겨 냈다.

매장에 진열된 남색 추리닝 한 벌을 훔쳐 입었어요. 옷 속에 껴입고 나오다 이 아주머니한테 들킨 모양인데. 그러면 매장 직원한테 신고를 하면 되는 거지. 남의 집 애는 왜 패서 경찰서까지 끌려옵니까. 지나치게 정의로워도 위험한 세상이에요. 따님이 엄마 단속 좀 하시구요. 어떻게, 폭행 건은 합의 보시겠습니까?

형사를 제외한 모두가 말이 없었다. 합의는 둘째 치고 시비조차 가릴 기미도 보이지 않았다. 형사가 헛기침으로 재촉했다. 윤재를 그러안은 여자가 영인의 눈치만 보았다. 반쯤 돌아앉은 엄마는 남의 일처럼 무심했다. 숱이 적은 정수리에는 흰 머리카락이 더 많았다. 자란 건 저 아이뿐이구나. 모두 시들고 말았어. 영인은 손목을 털며 창밖을 보았다. 바람은 여전했다. 열린 창틀 위에 누런 먼지가 얇게 쌓여 있었다. 합의 안 하실 겁니까. 형사가 허리춤에 손을 올리며 남자에게 물었다. 저, 잠깐만. 주저하던 남자가 형사의 한쪽 팔을 붙들었다. 뭡니까. 형사는 남자에게 끌려 나가며 영인에게 기다리란 손짓을 보냈다. 영인은 엄마의 두 손을 헐겁게 잡았다. 집에 가자. 엄마는 엉거주춤 몸을 일으켰다. 영인은 엄마의 비뚤어진 옷깃을 바르게 폈다. 엄마의 손을 고쳐 잡는데 여자의 허리춤 뒤에서 낮게 내뱉는 소리가 들렸다.

얘…….

영인이 한 발 다가섰다.

너, 지금 뭐라 그랬니?

아무 말도 안 했어요.

여자가 등으로 영인을 막아서며 대꾸했다. 영인이 여자의 팔목을 잡았다.

금방 무슨 말을 했다구요. 너, 다시 말해봐.

영인이 다그쳤다.

아무 말도 안 했다니까요.

분명히 무슨 말을 했어요, 했다구요.

……씨발, 좆나 재수 없게.

영인은 순간 제 귀를 의심했다. 두어 걸음 물러섰다. 곧추선 몸에서 힘이 빠졌다.

어…… 떻게…… 어떻…… 게.

윤재가 더는 못 견디겠다는 듯 여자의 몸을 확 밀쳤다. 밀려난 여자가 팔을 벌려 몸을 부풀리며 영인 앞에 벽을 만들었다.

어떻게…… 어떻게…… 어떻게! 어떻게! 어떻게!

영인은 주먹을 꽉 쥐었다. 주먹 안에서 엄마의 작은 손이 부들부들 떨렸다. 머릿속으로 많은 말들이 떠올랐지만 입 밖으로 나온 말은 너무나 단순해서 영인 스스로 화가 날 지경이었다. 미처 발화되지 못한 많은 말들을 머금고 영인은 몸을 떨었다.

남자와 형사는 복도 끝 자판기 앞에 서 있었다. 형사가 인기척에 돌아보았지만 멀어지는 영인 일행을 불러 세우지는 않았다.

늦은 밤 도시의 변두리로 향하는 버스에는 승객이 적었다. 종점으로 향할수록 타는 이보다 내리는 이들이 더 많았다. 라디오에선 남쪽의 항구 이름이 들어간 노래가 다른 주파수에 섞여 흘렀다. 가수는 같은 가사를 계속 반복해 불렀는데 그 걸러지지 않은 까끌거리는 목소리가 바짝 마른 밤과 꽤나 어울렸다. 누군가 허밍으로 작게 따라 불렀다. 쇼난 비치는 어디에 있을까. 작은 바닷가 마을이라는데. 바람과 파도가 적당해 서핑하기에 좋은 바다라고 은호가 그랬지. 멘트 대신 가끔 파도 소리를 들려주는 라디오. 귀를 기울이면 아주 희미하게 기차 지나가는 소리가 들리는데. 소리는 금세 사라져 기차가 아닐지도 몰라, 어쩌면 전차일지도. 영인은 창 쪽으로 머리를 기울인 채 짙어지는 황사를 내다봤다. 밤부터 잦아든다던 황사가 점점 심해졌다. 엄마는 오른손으로 앞깃을 단단히 여민 채 고개를 숙이고 있었다. 느리고 가는 숨 사이로 거친 신음이 추임새처럼 섞여들었다. 집까지는 아직 몇 정거장이 남았다. 승객들이 내리고 버스의 뒷문이 막 닫히려는 순간이었다. 갑자기 벌떡 일어난 엄마가 버스에서 내려버렸다. 놀란 영인이 쫓아 내리다 닫히는 문에 부딪히고 말았다. 기사의 욕지거리를 뒤로 하고 영인은 지나온 길을 돌아보았다. 인도 한가운데 쪼그리고 앉은 엄마가 보였다. 욱, 욱. 엄마가 속을 게우고 있었다. 부서진 과일 조각 몇 개가 위액에 섞여 바닥으로 쏟아져 내렸다. 입가에서 늘어진 침이 부는 바람에 볼 쪽으로 쏠렸다. 영인은 두 손을 엄마의 겨드랑이 사이로 집어넣었다. 일으키려는데 손목이 시큰거렸다. 엄마는 마치 속을 다 빼버리려는 듯 빈속을 뒤집었다. 순간 바람이 일었다. 보도블록 위로 맴을 돌던 잔모래들이 풀썩거리며 솟아올랐다. 정면으로 들이치는 모래 바람에 영인은 반사적으로 눈을 감았지만 입과 코에서 퍼석거리는 모래까지는 어쩌지 못했다. 지독한 편서풍이었다. 몇몇 사람이 바람을 등지고 뒷걸음질 쳤다. 영인의 가랑이 사이에서 엄마는 모래바람을 그대로 맞았다. 지나던 사람들이 힐끔거리며 쳐다보았다. 영인이 다시 일으키려 했지만 엄마는 꼼짝도 하지 않았다. 부러 그러는 듯 힘을 뺀 채 억지를 부렸다. 영인이 아무리 힘을 써봐도 마찬가지였다.

제발, 좀!

영인이 맥진한 얼굴로 엄마의 굽은 등을 내려다보았다.

뱉은 말이 그대로 바람에 쏠려버렸다. 소처럼 눈을 끔벅거리며 엄마는 맨손으로 바닥을 연신 움켜쥐었다. 영인은 가방을 바닥에 내려놓고 여민 코트의 단추를 하나씩 풀었다. 그리고 양 손으로 코트 자락을 잡아 벌렸다. 불어온 바람이 영인의 뒷머리를 잡아채 사방으로 흔들었다. 영인은 벌린 코트 자락으로 엄마를 덮었다. 바람은 쉬이 멎지 않았다.

수면제를 먹고서야 엄마는 간신히 잠들었다. 오히려 잠 못 든 건 영인이었다. 설핏 잠들었다 깨어보니 겨우 두 시간이 지나 있을 뿐이었다. 영인은 안방 문을 닫고 거실 소파에 기대앉았다. 발밑이 서걱거렸다. 영인은 발을 모아 들며 몸을 말았다. 그리고 폰을 열었다. 네모칸 속에서 커서가 깜박거렸다. 폭설, 훈련, 실종을 차례대로 입력했다. 망설이다 검색 버튼을 눌렀다. 비슷한 제목의 뉴스 여러 개가 연달아 올라왔다. 영인은 가장 가까운 시간대의 뉴스를 열었다. 서너 줄의 짧은 기사였다.

동해에 인접한 강원 산간 지방에 때아닌 폭설, 산악 훈련 중이던 인근 부대 소대원 3명 실종. 밤샘 수색 작업 끝에 구조. 1명 사망, 2명은 중상, 긴급 후송.

영인은 폰을 움켜쥔 두 손 위로 머리를 떨궜다. 눈을 감고 숨을 크게 쉬어보았지만 몸은 여전히 떨고 있었다. 그날의 폭우도 예보에 없었다.

이른 더위에 계곡과 해변의 한철 장사가 기지개를 켜던 즈음이었다. 기상 캐스터는 주말 내내 더위가 계속될 거라고 예보했다. 이른 피서를 떠난 사람들 속에 영인과 은호 그리고 이종 사촌 둘이 있었다. 넷은 멀지 않은 계곡으로 물놀이를 갔다. 작은 아이스박스에 먹을거리를 챙겨 넣고 갈아입을 옷과 수건만 챙겨서 떠난 가벼운 나들이였다. 장마 끝이라 계곡에 물은 넘쳤다. 넷은 청록빛 소를 건너 계곡 기슭에 자리를 잡았다. 볕을 피하기 좋은 나무 그늘과 자리를 깔기 좋은 너럭바위들이 많았다. 옆자리에는 먼저 온 가족이 김밥을 먹고 있었다. 이미 한바탕 물놀이를 했는지 초등학생 저학년과 유치원생으로 보이는 남자애 둘은 홀딱 젖어 있었다. 은호와 사촌들은 그늘막을 치자마자 웃옷을 벗어 던지고는 물속으로 뛰어들었다. 수영을 못하는 영인은 그늘 아래 다리를 뻗고 누웠다. 졸다 깨기를 반복했다. 나무 그늘 사이로 느리게 움직이는 큰 먹장구름이 보였지만 영인은 설마, 하며 손을 들어 볕을 가렸다. 손등으로 빗방울 하나가 떨어졌다.

지나가는 비라고 여기기엔 바람이 거셌고 빗줄기는 굵었다. 영인과 은호, 사촌 둘은 그늘막 아래 일렬로 쪼그려 앉아 비를 살폈다. 계곡물은 순식간에 불어 폭과 깊이가 처음과 확연히 달라 보였다. 청록빛 물은 흙탕으로 변해 맴을 돌고 있었다. 안 되겠어. 영인이 자리에서 일어섰다. 건너자. 넷은 짐을 챙겨 나눠 들었다. 건너올 때 무릎 위에 차던 물이 두 배 이상으로 불어나 배꼽까지 올라와 있었다. 사촌 둘이 먼저 건너고 은호와 영인이 뒤를 따랐다. 옆자리의 가족이 불안한 시선으로 그들을 지켜봤다. 폭우였다. 산속은 순식간에 어두워졌다. 반쯤 건넜을 때 영인은 발을 헛디뎠다. 물살이 허리를 휘감았다. 허우적거리는 영인을 은호가 잡아채 둘러 업었다. 몇 번을 휘청이다 간신히 물을 건넜다. 지켜보던 아이 아빠도 더는 안 되겠다 싶었는지 큰 아이를 업고 물로 들어섰다. 작은 아이와 아이 엄마는 나무 밑에서 지켜보았다. 물은 점점 불어나 어른 가슴께까지 올라왔다. 턱까지 차오른 물에 숨을 놓친 아이가 물에 잠기기 시작했다. 아빠의 목에서 아이의 손이 하나씩 떨어져 나갔다. 아이 아빠가 다급하게 손을 뻗었지만 아이는 잡히지 않았다. 아이 엄마가 비명을 질렀다. 누군가 물속으로 뛰어들었다.

 번호를 입력하고 지우고를 몇 번이나 반복했다. 제대로 잠을 못 자 흐릿한 정신에 하는 괜한 짓이란 생각도 들었다. 똑같은 꿈을 며칠 내리 꾸지 않았다면 전화할 엄두까진 내지 않았을 것이다. 눈이 내리는데 물이 불고 비가 내리는데 눈이 쌓이는 알레고리 같은, 폭설과 폭우가 기괴하게 반복되는 꿈이었다.

관계가 어떻게 되십니까? 저쪽에서 물었다.

누나, 누나예요. 영인이 대답했다.

종이 넘기는 소리가 들렸다.

친누나 되십니까?

아…… 네.

무슨 일 때문에 그러십니까?

뉴스를 봤는데, 아무래도 선호 부대인 거 같아서…….

죄송합니다. 군에 관한 사항은 함부로 말씀드릴 수 없습니다.

누나인데도요?

김 일병에게는 친누나가 없습니다. 그리고 이미 직계 가족에게 연락이 갔습니다.

들은 말도 없는데 모든 걸 다 알아버린 기분이었다.

가족 아니면 정말 안 되나요?

안 됩니다. 김 일병 부모님께 확인해보십시오.

왜요…… 왜요? 사람이 사람을. 그러니까 사람이 사람을요, 좀 걱정하면 안 되나요? 누가 누구를 걱정하는 게…… 꼭 가족이어야만 하는 건 아니잖아요. 가족이 아니어도 걱정할 수 있는 거잖아요.

죄송합니다. 기밀입니다.

아뇨, 아뇨. 알아야겠어요. 말해주세요.

죽고 싶다는 영인에게 상담사는 죄책감을 버리라고 했다.

삶에 경계를 두지 마세요. 생과 사, 그 사이에는 아무것도 없습니다. 나는 여기 있고 너는 여기 없다, 로 구분하지 말고 나는 여기 있고 너는 거기 있다, 라고 생각해보세요.

나는 여기 있고 너는 거기 있어. 나는 여기 있고 너는 거기 ……. 중얼거리는 영인의 손에서 폰이 툭 떨어졌다.

한 계절이 지났고 날은 무더워졌다가 서늘해졌으며 때늦은 태풍 하나가 북상 중이었다. 주변의 비구름을 흡수하며 세력을 키운 태풍은 빠른 속도로 한반도를 향해 북진하고 있었다. 기상청은 태풍 경로에 관한 예측을 유보했다. 중앙 고원에서 시작된 서풍의 세력이 정확히 예측되지 않았기 때문이다. 풍속에 따라 태풍이 중국이나 한반도 또는 일본 중 어느 쪽으로 향하느냐를 정확히 예측할 수 있었다.

영인은 파티션 삼면에 붙여 놓은 포스트잇을 하나씩 떼서 휴지통에 버렸다. 물티슈로 파티션과 책상 위를 구석구석 닦았다. 그리고 식염수를 살짝 묻힌 면봉으로 헤드셋도 깨끗이 청소했다. 더는 영인의 자리가 아니었다. 폰이 울렸다.

영인아, 바람이 많이 분다.

그러게. 제법 부네.

많이 늦어? 엄마, 너무 무서워.

밥만 먹고 갈게.

빨리 와.

응.

우리 딸, 이제 백수네. 내일부터 뭐할 거야?

글쎄…… 일단 늦잠부터 실컷 잘래. 손목 치료도 좀 받아야 하고. 그리고…….

영인은 말을 멈췄다. 불현듯 떠오른 생각에 스스로도 놀라 영인은 잠시 머뭇거렸다.

쇼난 비치에 가보려구.

거기가 어딘데?

모르겠어. 순풍이 부는 곳이라고 들었어.

우리나라 아니고? 다른 나라?

아마도…… 동쪽 어딘가.

애도 참, 실없긴.

엄마가 실소했다. 헛웃음이었지만 엄마의 웃음소리를 들은 게 정말 오랜만이어서 영인은 마음 한쪽이 뻐근했다. 서로에게 바람이면서 바람막이였던 시간이 있었다. 때로는 순풍이면서 역풍이기도 했다. 가장 가까이서 가장 많은 상처를 주고받았다. 앞으로도 쉽게 나아질 거란 기대는 하지 않는다.

편지가 왔어, 너한테.

영인이 손을 멈췄다. 손에 든 면봉이 툭 부러졌다.

그런데 어쩌냐. 비에 젖어서 보낸 사람이 지워졌어.

못 읽게 됐어?

아니. 그 정도까지는 아니고. 드라이기로 대충 말리긴 했어.

전화를 끊고 영인은 서랍의 맨 아래 칸을 열었다. 편선지 세트가 들어 있었다. 옛날식 편지지를 찾는 영인에게 문구점 주인이 이것뿐이라며 내민 건 어린이용 편선지 세트였다. 겨울왕국 캐릭터가 그려진 편지지와 편지 봉투였다. 영인은 편지 한 통을 썼다. 몇 번이나 주저하며 주소를 적었다. 내용은 짧았다. 그날 이상하게 예보는 맞지 않았으며, 이상하게 그곳만 바람이 불지 않았다고. 너는 괜찮냐고, 너는 괜찮냐고.

추어탕을 먹는 것으로 송별회를 대신했다. 식당 입구에 서서 십여 명의 동료들과 차례대로 악수를 나눴다. 빗발은 가늘어지는데 바람은 점점 세지고 있었다. 현수막이 둥글게 부풀었다. 몇 명이 우산을 손에 든 채 주저했다. 길 건너 행인이 바람에 맥없이 끌려가고 있었다. 태풍이 살짝 비껴가겠는데요. 뒤의 누군가가 말했다. 바람 덕인가요. 그 옆의 누군가가 물었다. 자, 갑시다. 센터장이 우산을 바짝 당겨쓰며 앞장섰다. 몇몇이 비슷한 모양새로 새끼 오리처럼 따라 붙었다.

영인은 가방에서 삼단 우산을 꺼냈다. 사은품으로 받은 빨강 우산이었다. 받쳐 쓰고 몇 발짝 떼지도 못했는데 우산이

홀렁 뒤집어졌다. 고스란히 드러난 우산살이 늑골처럼 정연
했다. 우산을 바로 뒤치지도 못하고 영인은 바람에 떠밀렸
다. 일행과는 점점 멀어지고 있었다.

　뒤집힌 우산이 머리 위에서 꽃이 되었다. 빗방울이 꽃잎처
럼 떨어졌다. 영인은 바람을 따라 걸었다. 어쩔 수 없었다. 순
풍이었다.

*류시화의 시 「옹이」에서 인용.

오키나와
데이트

J 신문, 위클리 J, 4월 3일 (토) 〈공연 읽어 주는 시인〉
시인 양수영 기고

지난 27일 평화 기념관 내 대강당에서 문화 행사의 일환으로 「봄의 기억」 공연이 열렸다. 비 오는 궂은 날씨에도 불구하고 300석의 공연장은 관객들로 가득 찼다. 공연은 탐라의 신화를 춤으로 형상화한 남윤(29, 우리춤 단원)의 고전무용, 하멜의 섬 도착 장면을 발레로 재해석한 김명훈(32, 발레시어터 수석무용수)의 모던 발레, 지난해 세계창작무용제에서 그랑프리를 수상한 고유진(27, 듀크대 재학 중)의 '해녀춤 연작'이 본 프로그램으로 구성되어 두 시간여 가까이 진행되었다. 공연이 끝난 후 대기실을 찾아 세 명의 무용수와 짧은 인터뷰를 가졌는데 그중 고유진 씨와는 구면이었다. 반갑게도 그녀가 먼저 알은체를 해주었다.

이번에 공연한 작품은 기존 '해녀춤 연작'의 네 번째 라인이며 세계

창작무용제 수상작인 '오키나와 해녀춤'이었다. 해녀춤 1, 2, 3으로 이어지던 연작의 제목이 바뀐 점에 대해 나는 묻지 않을 수 없었다. 궁금한 거 하나 더. 이전 연작에서는 흰 테왁*을 소품으로 사용했는데 이번엔 없었어요. 특별한 이유가 있을까요. 옛날 해녀복을 입은 그녀가 대답 대신 흰 저고리의 고름을 만지작거렸다. 한쪽 고름이 지나치게 길었다. 말하자면 좀 길어요. 그녀가 대답했다. 나는 그녀가 일정을 마칠 동안 기다리겠다고 말했다. 기념관 내 카페에서 한 시간쯤 기다렸을 때 해녀복 차림 그대로인 그녀가 돌아왔다. 물 마실 틈도 없었어요. 자리에 앉자마자 그녀는 얼음이 채 녹지 않은 아이스티의 절반을 한입에 비웠다. 아, 좀 쓰네. 그녀가 미간을 살짝 찡그렸다. 작가님은 여주차 드셔 보셨어요? 여주차요? 내가 되묻자 그녀가 고개를 끄덕였다. 여주는 오키나와의 특산물이에요. 잠시 사이를 둔 그녀가 입을 열었다. 그곳을 생각하면 입안에 쓴 맛부터 돌아요. 그녀가 침을 모아 삼키며 숨을 골랐다. 이후부터는 그녀에게 들은 '오키나와 해녀춤'에 관한 이야기다.

*

혼저옵서예. 비바리** 고유진.

* 해녀들이 바다 작업을 할 때 쓰는 어로 용구. 지름 25cm 내외의 공 모양이다.
** 처녀 (제주 방언)

226

짐을 찾아 입국장으로 나가자마자 피켓 하나가 눈에 들어왔다. 한자와 영어, 일어가 뒤섞인 피켓들 사이에서 유독 높게 들린 피켓이었다. 반가움보다 민망함이 더했다. 나는 입국장 바깥으로 잔걸음을 옮겼다. 내 얼굴을 알 리 없는 피켓맨은 여전히 입국장을 향해 피켓을 흔들고 있었다. 나는 암호를 대듯 낮게 속삭였다.

고유진이에요.

피켓맨이 돌아섰고 나는 한 걸음 뒤로 물러섰다.

고유진 상?

내가 힘주어 고개를 끄덕이자 피켓맨이 피켓을 든 채 활짝 웃었다. 나는 따라 웃으며 피켓을 든 팔을 잡아 내렸다. 잘생긴 젊은 남자였다. 큰 키에 몸은 날씬했고 바람에 쏠려 한쪽으로 흐른 머리는 자연스러웠다. 이 서류를 받을 사람이 공항으로 마중 나올 거다. 공연에 대한 당부와 함께 교수님은 도톰한 서류 봉투를 내게 맡겼다. 공연할 대학의 학생회 임원인가 보지. 어느덧 내 상상은 여행지 로맨스까지 뻗쳐 내심 흐뭇해졌다. 이어질 다음 대사를 기대했지만 피켓맨은 속없는 사람처럼 벙글벙글 웃기만 했다. 그리고 목을 길게 빼서 내 어깨 너머를 계속 살폈다. 빈 웃음만 주고받는데 피켓맨이 갑자기 손을 번쩍 들어 흔들었다. 일행이 더 있구나. 나는 김샌 표정으로 피켓맨의 시선을 따라갔다. 한 남자가 손을 허우적거리며 달려오고 있었다. 남자는 바랜 흰 셔츠에 주름진 회색 정장 바지를 입고 낡은 구두를 신고 있었다. 양쪽 구두 발등에는 깊은 주름이 자리 잡고 있었다. 검정 숄더백이 남자의 어깨에서 앞뒤로 흔들렸다. 남자는 나와 피켓맨을 번갈아 바라보며 달려왔다. 가까이서 보니 눈꼬리가 심하게 처져 그냥 억울한 인상이었다. 좁은 이마에는 구두 발등보다 짙은 주름 두 개가 잡혀 있었다. 피켓맨과 달리 많이 늙었고 훨씬 작았고 몹시 남루했다. 일본인인지 한국인인지 쉽게 분간이 가지 않았다. 올해 일흔셋인 월정리 외할머니 또래 같았다. 그러니까 할아버지.

고유진 님?

남자가 내게 물었다. 나는 못내 미심쩍은 얼굴로 고개를 끄덕였다. 그제야 남자는 안심한 듯 어깨 힘을 축 빼며 웃었다. 남자는 피켓맨을 향해 고개 숙여 몇 번이나 아리가또를 외쳤고 피켓맨은 피켓을 내게 건네며 거푸 다이조부로 응답했다. 나는 피켓을 들고 그 사이에 미아처럼 서 있었다. 나는 코끝을 실룩이며 생각했다. 완전 속았어. 큰 걸음으로 멀어지는 피켓맨을 눈으로 쫓는데 남자가 이번엔 나를 향해 고개를 숙였다. 일본어 억양이 섞인 어색한 한국말이었다.

미안합니다. 오래 기다리셨습니다. 화장실이 급해 잠깐 자리를 비웠습니다. 청년은 렌터카 사무소의 아르바이트생입니다.

어른의 사과를 받기만 하기도 뭐해서 그를 따라 나도 두어 번 굽실거렸다.

차는 주차장에 있습니다. 저를 따라오십시오.

남자는 내 캐리어를 당겨 잡았다.

피켓도 제게 주십시오.

나는 샐쭉하며 대답했다.

이거요, 비바리라뇨.

나는 피켓을 휙 뒤집어 안았다. 내 얼굴을 빤히 보던 남자가 되물었다.

혹시 넹바리*입니까?

헐.

나는 무턱대고 가까운 출구 쪽을 향해 종종걸음을 옮겼다. 캐리어 끄는 소리가 따라왔다. 출구의 자동문이 열리자 따뜻한 해풍이 숨에 섞여 들었다. 섬사람들이 간간짭짤한 갯바람이라고 부르는 바닷바람이었다. 공항 외벽에 붙은 다양한 색의 타일이 눈에 들어왔다.

Welcome to OKINAWA

* 결혼한 여자 (제주 방언)

평일의 주차장은 한산했다. 주차된 차는 소형차가 대부분이었다. 그(고유진은 여기서부터 남자에 대한 호칭을 그라고 바꿨다)는 앞코가 납작한 소형차의 트렁크에 내 캐리어를 간신히 집어넣었다. 내가 오른쪽 조수석의 손잡이를 잡으려는데 그가 손을 내저었다.

고유진 님. 아닙니다, 아닙니다.

놀란 내가 돌아보자 그가 반대쪽 뒷문을 열며 이쪽이라고 손짓했다. 나는 고개를 숙여 차 안을 들여다보았다. 조수석인데 핸들이 보였다. 그제야 한국과 일본은 운전석이 반대라는 게 생각났다.

조심하십시오.

그가 뒷좌석에 오르는 내 머리 위로 손을 뻗었다. 그리고 걸린 옷자락은 없는지 세심하게 확인하고는 문을 닫았다. 신사 같은 그의 제스처에 당황한 건 오히려 나였다. 드라마 밖에서도 이렇게 행동하는 사람이 있다는 게 좀 놀랍기도 했고 신기하기도 했다. 사이드 미러 속에서 그가 말했다.

고유진 님. 그럼 출발하겠습니다.

나는 고개를 끄덕이기도 그렇고 네, 라고 대답하기도 그래서 말을 돌렸다.

그런데 왜 자꾸 말씀하실 때마다 제 이름을 붙이세요?

그가 시동을 걸며 말했다.

한국에서 온 귀한 손님이니까요. 고유진 님은 고을나*의
후손이지요?

한국분이세요?

일본 사람 같습니까?

그가 되물었다. 신호에 걸린 차가 정지선 앞에서 멈췄다.
몸을 살짝 비튼 그가 한쪽 무릎 위로 두 손을 모았다.

제 소개를 깜박했습니다. 부명준입니다. 고유진 님과 저는
고향이 같습니다.

피켓에 쓰인 글씨가 떠올랐다. 너무 익숙해서 무심결에 읽
어 넘겼지만 비뚤비뚤한 그 글씨는 고향 말이었다.

할아방? 아즈방?

내가 물었다.

결혼했으니 아즈방도 되고, 손녀가 셋 있으니 할아방도 됩
니다.

알았어요. 할아방. 그리고요, 저 넹바리 아니거든요.

고개를 돌리며 슬쩍 본 사이드 미러 속에서 그가 소리 없
이 웃었다. 넘어진 초승달 모양으로 눈이 작아졌고 혜성 꼬
리 같은 주름이 눈가에 길게 잡혔다.

오키나와 현립 예술대학에 도착했을 때 시각은 두 시가 넘

---

* 탐라국의 3 시조신(고을나, 양을나, 부을나) 중의 하나

어 있었다. 저녁에 열릴 공연을 앞두고 진행되는 리허설은 세 시로 예정되어 있었다. 차 트렁크에서 캐리어를 내리며 그가 늦어진 점심 식사 걱정부터 했다.

가서 도시락이라도 사 오겠습니다. 공연장은 저 건물입니다.

그가 손가락으로 붉은 벽돌 건물을 가리켰다.

이 층으로 올라가면 됩니다.

내가 고개를 끄덕이자 그가 잰걸음으로 대학 정문 쪽으로 향했다. 키에 비해 몸이 마르고 어깨가 굽지 않아서인지 뒷모습은 중년 남자 같았다. 이발 시기를 살짝 놓친 듯한 뒷머리는 검은 머리카락이 제법 많아 자연스레 반백을 이루고 있었다. 나는 캐리어를 끌며 벽돌 건물 쪽으로 걸었다. 오키나와 현립 예술대학은 내가 다니는 대학과 자매 학교였다. 대학이 있는 두 도시 또한 자매 도시였다. 지역 장학생 제도가 없었다면 고향의 대학에 진학하지도 않았을 테고 이렇게 학교 대표로 자매 대학의 행사에 참석할 일도 없었을 것이다. 초등학교 특별 수업 때 두 섬에 대해 배운 적이 있다. 두 섬 모두 본토의 남단에 위치해 기후가 온화한 관광지라는 것과, 아주 오래 전에는 탐라와 류큐로 불리던 작은 독립 국가였으며 지금은 평화의 섬이란 슬로건을 함께 쓴다는 정도가 기억의 전부였다. 중고등학교 국사 시간에는 두 섬의 비극에 대해 좀 더 들었지만 가물가물했다.

리허설이 끝나도록 그는 보이지 않았다. 나는 연습용 타이즈 위에 트레이닝복을 껴입고 복도로 나갔다. 목을 길게 뺀 그가 내 쪽을 향해 팔을 크게 흔들었다. 그의 자리로 오후 볕이 길게 들이치고 있었다. 은빛 머리칼이 반짝였다. 그는 서둘러 빈자리에 도시락을 풀어 놓았다.

멀지 않은 곳에 오니기리가 맛있는 집이 있습니다. 비바리가 좋아할 만한 것으로 사 왔습니다.

오니기리?

오니기리는 그러니까.

그가 대답 대신 도시락 뚜껑을 열었다. 나는 픽 웃어버렸다.

아, 주먹밥.

맞습니다. 주먹밥, 주먹밥. 잘 안 쓰는 말은 자꾸 잊어버립니다.

나는 그중 하나를 골라 먹어보았다. 짭조름한 맛이 났다. 밥 가운데 간장과 설탕에 졸인 작은 조갯살이 들어 있었다. 맛있었다. 내 표정을 읽은 그가 싱긋 웃었다.

이건 된장국이고 이건 생강 절임입니다. 그리고 이건. 이걸 마셔보세요.

그가 종이컵에 따른 차를 내게 내밀었다.

드셔보세요. 비바리 피부에 좋습니다.

빛깔은 녹차 우린 색에 가까웠다.

여주차입니다. 여주는 오이와 비슷하게 생겼습니다.

나는 코를 컵에 대고 킁킁대다 한 모금 마셔보았다. 그러고는 바로 혀를 내빼며 과장되게 캑캑거렸다.

아우, 써.

나는 얼른 주먹밥 한 입을 베어 물었다.

그렇게 맛이 없습니까?

쓰고 떫고. 뭔 맛이 이래요?

미안합니다. 처음 만든 거라 그렇습니다. 당뇨에 좋대서 매년 아내가 만들어 주었는데 올해는 제가 직접 만들었습니다.

나는 입술을 안으로 말아 물며 도로 앉았다. 더 캐물으면 서로 곤란해질 것 같았다. 밥을 대충 씹어 넘겼다. 그가 내 손에 들린 종이컵을 거둬가며 물었다.

고유진 님, 내일 가고 싶은 곳이 있습니까?

음, 오키나와에 아주 큰 수족관이 있대요. 거기에 가보고 싶어요. 그리고 쇼핑도 해야 해요. 살 게 많거든요.

수족관은 섬의 북쪽 끝에 있습니다. 한 시간 정도 걸리니 오전 중에 다녀올 수 있을 겁니다. 쇼핑은 시내가 편하고 가격도 쌉니다.

우리는 주먹밥을 하나씩 더 먹었다. 둘 사이로 잠시 침묵이 흘렀다.

할아방.

내가 부르자 그가 돌아보았다.

할아방은 여기서 오래 살았어요?

오십 년 가까이 살았지요.

내가 눈을 크게 뜨며 돌아보자 그가 옅은 웃음을 보였다.

참 오래 살았지요?

나는 고개를 끄덕였다.

여기서만요?

거의 그렇습니다. 아내가 이곳 사람입니다.

그에 관한 퍼즐 조각 하나를 찾은 기분이 들었다.

아내와는 오사카에서 만났습니다. 오키나와에는 결혼 허락을 받기 위해 처음 왔습니다. 물론 그때까지만 해도 이곳에 살 생각은 전혀 없었습니다.

그런데 왜요?

내가 물었다. 궁금해서라기보다는 의례적인 질문이었다.

두 가지 이유가 있습니다. 하나는 아들이 없는 처가의 가업인 고서점을 이어받기 위해서였습니다.

데릴사위요?

맞습니다. 작년부터는 둘째 사위가 운영하고 있습니다. 4대째죠.

4대째요? 굉장하네요. 그리고 다른 하나는요?

수족관에서 멀지 않은 곳에 그 이유가 있습니다. 괜찮다면 고유진 님에게도 보여드리고 싶습니다. 덮밥이 맛있는 식당도 그 근처에 있습니다. 가보겠습니까?

나는 대답 대신 엄지와 검지로 동그라미를 만들어 보였다.

내가 입만 댄 여주차는 그가 마저 마셨다.

할아방은 안 써요?

씁니다.

그가 종이컵을 쥔 채 대답했다.

하지만 쓰다고 다 뱉을 수야 있나요. 참고 삼켜야 할 때도 있습니다.

때로 어른들의 말은 부처님 말씀 같아서 알 듯 말 듯하다. 그의 말도 그랬는데 쓰다 달다의 사전적 뜻이 전부가 아닌 것만은 분명했다. 나는 두 손을 털며 자리에서 일어섰다.

할아방. 공연 볼 거죠?

나는 빈 용기들을 비닐봉지에 주워 담았다. 그가 엉거주춤 따라 일어섰다.

봐도 괜찮습니까?

당연하죠.

그가 고개를 저었다.

그런데 나는 춤에 대해 하나도 모릅니다.

춤을 알고 보나요? 그냥 느끼는 거죠.

나는 어깨를 가볍게 들어 올렸다. 그는 내 앞에서 두 손을 맞잡고 몹시 진지한 얼굴로 서 있었다. 빛 속에 담긴 그가 이상하게도 어둡고 쓸쓸해 보였는데 꼭 오래된 사진 속의 옛날 사람 같았다.

내 순서는 대만에서 온 남학생 뒤였다. 흰 무명 저고리에 무릎까지 오는 검은 통바지의 옛 해녀복을 입은 내가 신기했는지 남학생이 힐끗 쳐다보았다. 나는 머리에 두른 물수건과 물안경을 매만지고는 무대와 연결된 계단으로 올라섰다. 박수 소리가 가라앉기를 기다려 스태프가 내게 신호를 보냈다. 나는 옆구리에 테왁을 끼고 발끝걸음으로 무대 위로 올라갔다. 중앙의 핀 조명 아래 흰 테왁을 내려놓고 무대 뒤쪽으로 물러섰다. 허리를 접고 두 손으로 어깨를 감싸고 발끝으로 몸을 띄운 후 숨을 골랐다. 이내 파도 소리가 들리며 핀 조명이 들어왔다. 나는 큰 원을 그리며 테왁 쪽으로 무겁고 느리게 걸었다. 가는 휘파람 소리에 맞춰 걸음은 빨라지고 보폭은 커졌다. 팔을 벌려 바다를 파고들 듯 크게 움직였다. 무대 중앙에 이른 나는 테왁을 향해 갈구하듯 두 팔을 길게 뻗었다. 고요해진 무대 위로 호이 호이, 깊고 긴 숨비소리가 들렸다. 나는 한껏 말았던 몸을 펼치며 빠르고 격렬한 춤사위의 리듬을 타기 시작했다.

무대에 불이 들어왔다. 나는 태왁을 가슴에 안고 객석을 향해 감사 인사를 했다. 꽉 찬 앞쪽 객석에 비해 뒤쪽은 빈 자리가 많았다. 나는 고개를 들어 무대 뒤쪽을 살폈다. 맨 끝 가장 어두운 자리에 그가 앉아 있었다. 그는 박수도 치지 않고 고개를 숙이고 있었다. 좁은 어깨가 더 좁아 보여서 마치 의자에 함몰된 모습이었다. 그가 내 춤도 보지 않고 졸았다는 생각에 기분이 나빠졌다. 입꼬리가 절로 실룩거렸다. 암전된 무대를 내려와 대기실로 들어서며 다시 한 번 돌아보았다. 그제야 그가 고개를 반쯤 들었다. 손등으로 눈가를 훔치고 있었다.

여깁니다.

그가 차를 세운 곳은 마을의 가장 안쪽, 작은 농가 앞이었다. 마을은 학교에서 한 시간여 떨어진 곳에 있었다. 오는 내내 길 한편으로 밤바다가 보였고 포도알 같은 마을들이 바다 줄기를 따라 듬성하게 매달려 있었다. 고향과 흡사한 풍경이었다. 집은 작고 오래돼 보였지만 안팎으로 청소가 잘되어 깨끗했다.

기숙사보다는 여기가 편할 겁니다.

할아방 집이에요?

나는 짐을 내리는 그의 옆에 붙어 서서 물었다.

아닙니다. 오랜 이웃입니다. 할머니 혼자 사세요.

그가 트렁크를 닫고는 옛날식 초인종을 눌렀다.

왜 할아방 집으로 안 가고요?

고유진 님. 나는 혼자 삽니다. 아내는 작년에 떠났고 딸 둘은 결혼해서 나갔고요. 아무리 할아방이라도 혼자 사는 남자 집에 비바리를 재울 수는 없어요.

그가 손녀 달래듯 조곤조곤 말했다.

쪽문이 열리고 할머니 한 분이 나왔다. 앞치마를 두르고 카디건을 걸친 모습이 일본 애니메이션에 흔히 등장하는 작고 귀여운 인상의 할머니였다. 할머니가 내게 두 손을 내밀었다. 나는 얼떨결에 내민 손을 잡았다.

아침 식사까지 부탁해 두었습니다. 내일 9시쯤에 오겠습니다.

잠깐만요.

나는 가방에서 서류봉투를 꺼내 그에게 내밀었다.

이거 할아방 꺼 맞죠?

그의 얼굴에 반가운 그늘이 졌다.

맞습니다. 덕분에 편하게 받습니다. 고맙습니다.

그가 두 손으로 봉투를 받아 들었다. 봉투에는 사회재단의 이름이 인쇄 되어 있었다.

교수님이 잘 전해야 한다고 신신당부 하셨어요.

유창한 일본어로 할머니와 몇 마디를 나눈 그가 차를 세워
둔 쪽으로 돌아갔다. 그보다 큰 그림자가 골목으로 길게 늘
어졌다. 나는 문득 그가 끈 떨어진 연 같다는 생각이 들었다.
어쩌다가 여기까지 날려 왔을까. 나는 그의 작은 차가 골목
을 완전히 빠져나갈 때까지 그 자리에 서서 지켜보았다.

수족관에서 나오니 이미 점심때였다. 귀국 항공편은 저녁
이었으므로 시간은 넉넉했다. 그는 그곳에서 십여 분 거리의
해변에 있는 작은 식당으로 나를 데려갔다. 나는 돈가스 덮
밥을, 그는 카레 덮밥을 시켰다. 나는 고형 카레도 꼭 사야
한다고 그에게 말했고 그는 가장 맛있는 카레로 골라주겠다
고 대답했다. 내가 사야 할 목록을 적은 종이를 보여주자 그
는 가방 안에 다 들어갈 수 있을지 모르겠다며 염려했다. 식
사를 마치고 우리는 해변으로 내려갔다. 바다는 큰 복주머니
모양으로 육지 깊숙이 들어앉아 있었다. 바람이 불어 흰 모
래가 레이스 자락처럼 날렸다. 모래에 섞인 조개 가루가 햇
빛에 반짝였다.
　해변의 저쪽 끝입니다.
　그가 손으로 해변의 바깥쪽을 가리켰다. 낮은 언덕이 있었
다. 그 위로 키 작은 나무가 드문드문 보였다. 우리는 해변을
따라 걸었다. 바람은 적당했고 날은 포근했다. 내가 가볍게

휘파람을 불자 그가 돌아봤다.

어제 공연에 나왔던 휘파람이군요.

외할머니가 해녀셨어요. 그 휘파람, 할머니가 직접 불어주신 거예요. 전 잘 못 불어요.

계속 불어주세요. 듣고 싶습니다.

그가 앞장서 걸었다. 나는 그의 뒤를 따라 걸으며 휘파람을 불었다. 파도 소리가 섞여 들어 화음이 되었다.

아름다운 춤이었습니다. 감동적이었어요.

그가 돌아보지 않고 말했다. 발치를 보며 묵묵히 걷고만 있었다.

그렇죠?

나는 그를 앞질러 걸어가며 장난삼아 춤의 한 대목을 추었다. 아주 짧았기 때문에 그가 보았는지는 모르겠다. 수평선 위로 배 한 척이 보였다.

배 지나가요.

내가 소리치자 그가 고개를 돌려 먼 바다를 보았다.

관광 크루즈입니다. 상해에서부터 왔을 겁니다.

여신의 이름을 한 흰색 크루즈는 종이배처럼 가벼워 보였다. 그가 물었다.

고유진 님, 홀수선이 보입니까?

홀수선? 그게 뭔데요?

저기, 배 아래쪽에 선 하나 보이지요?

그의 말대로 배의 아래쪽에 남색으로 칠해진 긴 선이 있었다. 물에 잠긴 부분의 바로 위쪽이었다.

가로선이요?

네. 그 선의 이름이 흘수선입니다.

아. 나는 고개를 끄덕이다가 이어 물었다.

무슨 뜻인데요?

저 선 위로는 물이 차면 절대 안 된다는 표시입니다.

왜요?

침몰할 수 있기 때문입니다.

아……. 나는 고개를 끄덕이며 멀어지는 배를 보았다. 무거운 침묵을 깨고 그가 입을 열었다.

선을 지킨다는 게 그렇게 어려운 일일까요?

혼잣말에 가까운 그의 말은 비감했다. 그때 나는 대학교 2학년이었고 스물한 살이었으며 딱 그 나이만큼의 지름만을 가지는 좁은 세상에 살고 있었다. 생장에 가까운 시기였다. 그로부터 몇 년 후 TV 생중계로 침몰하는 배를 보았다. 누운 배의 옆면에는 흘수선이 또렷했다. 순간 그와 그의 말이 떠올랐다. 선을 지킨다는 게 그렇게 어려운 일일까요. 그때의 나는 그가 말한 선의 의미를 하나로만 이해했다. 그가 말한 선의 진짜 의미는 무엇이었을까.

가까이서 보니 언덕은 생각보다 많이 가팔랐다. 꼭대기에 올라 바라본 바다 끝에 수평선이 걸려 있었다. 저 너머에 고향이 있다고 생각하자 마음이 뭉클했다. 그는 언덕에서도 조금 더 들어간 곳에 서 있었다. 나는 그에게 다가갔다. 아, 나는 작게 외쳤다. 그곳은 공동묘지였다. 키 작은 나무라고 생각했던 것들은 비석이었다. 오십여 개의 비석은 크기나 모양에 정해진 규칙 없이 여기저기 흩어져 있었다. 버려진 묘지였다. 비석 대부분이 해풍과 세월에 닳아 새겨진 글씨조차 알아보기 어려울 정도였다. 그가 그중 가장 오래돼 보이는 작은 비석을 가리켰다.

보세요.

그가 비켜서며 말했다. 나는 허리를 숙여 손바닥으로 글자 위를 훑었다. 모래 먼지가 묻어났다. 글자는 희미했지만 어려운 한자는 아니었다. 朝鮮人 無名男之墓, 1949

조… 선… 인.

나는 놀라움과 반가움이 섞인 얼굴로 그를 돌아봤다. 그가 고개를 끄덕였다.

여기? 오키나와에요?

나는 손가락으로 땅을 가리켰다.

그러니까 조선인, 한국인이 살았다구요?

그가 고개를 끄덕였다. 그리고 이내 저었다.

떠내려왔습니다.

네? 떠내려오다뇨?

나는 되묻고는 곰곰이 생각해보았다.

그럼, 표류한 거예요?

그는 다시 고개를 가로저었다. 그러고는 몸을 비스듬히 돌려 해변 쪽을 가리켰다.

저기를 잘 보십시오.

나는 몸을 세워 그가 가리키는 쪽으로 시선을 돌렸다. 썰물 때인지 물이 빠져 백사장은 더 넓어 보였다. 다른 곳에 비해 더 오목하게 들어앉은 해변이라는 점을 빼고는 특별할 게 없었다. 나는 실눈을 뜨고 백사장을 꼼꼼히 훑었다.

저게 뭐지?

나는 손차양으로 볕을 가리며 백사장 가운데를 주의 깊게 보았다. 돌무더기가 길게 담처럼 쌓여 있었다. 군데군데 허물어져 있었지만 전체적으로 아기 머리띠 비슷한 모양이었다. 자연적이라고 보기는 어려웠다.

보입니까?

그가 물었고 내가 고개를 끄덕였다.

독살입니다. 고향에서는 원이나 원담으로 부릅니다.

그럼, 고향에도 저게 있다는 거예요?

그가 고개를 끄덕였다.

몇 곳에 원형이 남아 있다고 들었습니다.

나는 한쪽 눈을 감고 엄지와 검지로 원담의 길이를 가늠해 보았다.

방파제 같은 건가요?

내가 물었다.

돌로 만든 그물이라고 생각하면 됩니다.

어떻게요?

밀물에 들어온 물고기들이 원에 갇히면 썰물이 되어도 빠져나가지 못합니다. 그 원리를 이용한 거죠.

확실히 물이 멀리까지 빠져 있는데도 원 안쪽에는 물이 자작하게 고여 있었다. 그의 말이 맞았다.

그렇다면 조선인은……

그는 여기에 살았던 게 아닙니다. 몇십 년 전에 어디서부턴가 떠내려왔고 저기에 걸렸던 겁니다.

난파한 배의 선원이었을까요?

그는 고개를 저었다.

아마 아닐 겁니다. 그리고 거기에 제가 오키나와에 살게 된 이유가 있습니다.

그가 손목시계를 들여다보았다.

시간이 많이 지났습니다. 쇼핑을 하고 공항으로 이동하려면 이제 가야 합니다.

그가 올라왔던 길의 반대편으로 걸어 내려갔다. 나는 다시 비석을 들여다보았다. 조선인, 1949년. 해풍에 돌과 글자가 이만큼 닳을 수 있는 시간, 그만큼의 시간 이전에 조선인 무명남은 어디에 있었던 것일까. 왜 여기까지 떠내려온 것일까. 나는 그가 사라진 언덕을 어슷거리는 걸음으로 내려갔다. 발치에서 마른 모래가 풀썩였다. 조개 가루가 들어갔는지 눈이 따끔거렸다.

해안도로를 타고 돌아오는 차 안에서 그에게 들은 이야기는 길었다. 차가 쇼핑센터의 주차장에 들어섰을 때 그의 이야기도 끝났다. 일부러 속도를 맞추기라도 한 것처럼. 시동을 끄고 핸들에서 손을 내리며 그는 깊은 숨을 쉬었다.

그가 아내와의 결혼 허락을 받기 위해 처음 오키나와에 왔을 때 아내의 아버지, 그러니까 그의 장인은 그가 한국인이란 말을 듣더니 그를 그곳으로 데려갔다고 했다. 아내의 집안은 오키나와 토박이였고 그의 장인은 고서점을 운영하는 향토사학자였다. 그가 나에게 했던 것처럼 그에게 비석과 원담을 보여준 장인은 그 비석의 유래에 대해 이렇게 말해주었다. 1949년, 죽은 사람 하나가 떠내려와 원담에 걸려 있었는데 흰 무명 저고리로 조선 사람이란 걸 알았으며 원혼을 달래기 위해 마을 사람들이 묘를 만들고 비를 세웠다고 했다.

그 또한 나와 똑같은 질문을 던졌다. 좌초한 배의 선원이 아니었을까요. 장인은 고개를 저으며 확실치 않지만 뭔가 사연이 있는 이가 분명하다고 했다. 그가 그 이유를 묻자 장인은 이렇게 말했다. 흰 무명 저고리의 옷고름에 다른 이의 옷고름이 묶여 있었네. 바래긴 했지만 잔 꽃이 수놓아진 옷고름이었어. 두 옷고름은 단단히 묶여 있었어. 여자는 인근 어디서도 발견되지 않았네.

결혼 허락을 받고 오사카로 돌아온 그는 장인으로부터 들은 이야기를 잊을 수가 없었다고 했다. 그는 그 조선인 무명남이 그와 무관하지 않을 거란 생각이 강하게 들었고 결국 그 생각을 떨쳐버리지 못해 결혼 오 년 후 오키나와로 내려와 지금까지 살게 되었다고 했다.

고향을 위에 이고 남쪽의 이 섬에서 오십 년을 살았습니다. 이곳은 아내의 고향이고 아이들의 고향이고 이젠 나의 고향이기도 합니다.

그의 이야기를 듣는 동안에 나는 딱 한 번 질문을 했다. 그 질문은 이야기의 반환점 같은 것이어서 묻지 않을 수 없었다. 마침 차는 정지 신호에 걸려 있었고 그는 신호를 뚫어지게 바라보았다. 붉은색이 유난히 선명했다. 그는 잠시 대답을 미뤘다. 신호가 초록색으로 바뀌었다. 그가 액셀을 밟으며 말했다.

나는 그가 내 아버지라고 생각합니다.

http://www.jeju43peace.or.kr/동영상 자료/
집단 학살, 부명준, 70세 (당시 9세)

달도 미처 숨지 못한 밤이었습니다. 보름이었고 달은 서럽게 밝았습니다. 사람들이 바닷가에 내몰려 있었습니다. 저는 한 소녀를 바라보았습니다. 작고 하얀 얼굴이 달빛 아래 도드라졌습니다. 감잎색 저고리의 짧은 꽃무늬 고름이 바람에 대롱거렸습니다. 소녀는 스무 살도 채 되지 않았습니다. 모래밭에 횡으로 늘어선 이십여 명의 또래 소녀들은 몸을 떨며 다닥다닥 붙어 있었습니다. 몇 개의 총부리가 소녀들의 가슴팍을 쿡쿡 찔렀습니다. 미처 덜자란 가슴을 감싸며 한 소녀가 몸을 비틀었습니다. 총부리가 가차 없이 소녀의 어깨, 옆구리, 허벅지로 날아들었습니다. 겁먹은 소녀들이 뒷걸음질 쳤지만 물러날 곳은 없었습니다. 모래밭에는 열 명이 넘는 젊은 남자들이 얼굴만 내놓은 채 묻혀 있었습니다. 그들은 울부짖을 수 있었지만 몸부림칠 수는 없었습니다. 내몰린 소녀들 중 한 명이 갑자기 무리에서 빠져나와 달리기 시작했습니다. 잡고 있던 할머니의 손이 돌처럼 단단해졌습니다. 소녀는 검은 머리들 사이를 달렸습니다. 그

끝에는 밀물이 시작된 바다뿐이었습니다. 도망칠 곳은 없었습니다. 제 손으로 판 구덩이에 파묻힌 검은 머리들이 밀물에 서서히 잠기고 있었습니다. 소녀는 모래밭 가장 깊숙한 곳에 다다랐습니다. 소녀는 한 구덩이 앞에 무너지듯 주저앉았습니다. 검은 머리는 고개를 가로젓지도 못했습니다. 소녀는 두 손을 호미처럼 말아 세워 모래를 파기 시작했습니다. 손톱 밑으로 파고든 모래가 살을 찢는 줄도 몰랐습니다. 소녀는 맹렬히 모래를 팠습니다. 총부리가 다가왔습니다. 멈춰. (사이) 소녀는 밀물을 한 번 보고 검은 머리를 한 번 보고 총부리를 한 번 보았습니다. 손끝에 검은 머리의 옷고름이 달려 나왔습니다. 총부리가 소녀의 관자놀이에 닿았습니다. 움직이지 마. 쏜다. 총부리가 말했습니다. 소녀는 잰 손놀림으로 제 옷고름과 검은 머리의 옷고름을 단단히 묶었습니다. 소녀는 검은 머리를 향해 고개를 힘주어 끄덕였습니다. 쇠 당기는 소리가 들렸습니다. (사이) 모든 게 순식간이었습니다. 소녀가 조릿대 꺾이듯이 풀썩 쓰러졌습니다. 연이어 총성이 들렸고 놀라 흩어지던 소녀들도 하나둘 쓰러졌습니다.

갈매기조차 울지 않는 밤이었습니다. 소리 내는 것들은 다 죽여 버린다고 총부리가 말했기 때문입니다. 검은 머리의 부릅뜬 눈에서 눈물이 흘렀습니다. 벌어진 입에서 절규가 흘렀습니다. 검은 머리의 목구멍으로 물이 흘러들었습니다. 저는 울음을 씹으며 선 채로 오줌을 지렸습니다. 할머니가 저를 당겨 치마폭 아래 묻었습니다. 무섭도록 큰 소리가 들렸습니다. 고운 것도 젊은 것도 반동이다. (사이) 그날 밤 마을에서는 많은 사람들이 죽었습니다. 앞집은 아들 셋을 모조리 잃었고 뒷집은 도망간 큰아들과 어린 막내딸만 간신히 살아남았습니다. 시집간 지 한 해 만에 남편을 잃은 친구의 누나는 남편을 따라 목숨을 끊었습니다. 저는 아버지와 큰고모를 잃었습니다. 그 밤, 밀물은 모든 것을 덮어 버렸습니다. 다음 날 물이 빠지자마자 어머니와 할머니가 바닷가로 달려 나갔습니다. 저는 울며 뒤쫓았습니다. 모두가 맨발이었습니다. 여전히 바다는 깊었고 모래밭은 넓었습니다. 하지만 아무도, 아무것도 남아 있지 않았습니다. 수평선 근처에서 갈매기만이 맴을 돌고 있었습니다. 발에 무언가 밟혔습니다. 거꾸로 박힌 총알이었습니다. 누구의 심장을, 누구의 머리를 관통하고 버려진 것이었습니다. 저는 그 총알을 움켜쥐었습니다. 그리고 다 크도록 지니고 있다가 고향을 떠나기 전날 그 바다에 도로 묻었습니다.

우리는 국제거리의 식당에서 이른 저녁으로 스테이크를 먹었다. 오래전 미군이 주둔하던 때부터 발달한 음식 문화라고 그가 말해주었다. 맥주 한 잔을 시켜 반씩 나눠 마셨다. 식사를 마친 후 근처 쇼핑센터로 가 필요한 선물을 샀다. 첫 해외여행이라 생각나는 사람도, 챙겨야 할 사람도 많았다. 이것저것 사다 보니 그의 말대로 캐리어에 다 들어갈 수 있을지 염려가 되었다. 민속품 가게에 들렀을 때 그가 내게 시샤 한 쌍을 사 주었다. 시샤는 사자입니다. 액을 막아주기 때문에 기념품으로 많이들 사 갑니다. 그가 말했다.

우리는 어제 지났던 길을 거꾸로 달려 공항으로 향했다. 겨우 하루가 지나 있었다. 차를 탈 때마다 나는 매번 운전석 문을 열었고 그는 똑같이 아닙니다, 아닙니다, 라고 외쳤다. 모든 걸 이해하고 익히기에 이틀은 턱없이 부족한 시간이다. 그가 차에 타는 내 머리를 손으로 보호할 때마다 마음이 뭉클한 것 또한 마찬가지여서 나는 부러 아닌 척을 해야 했다.

공항까지는 금방이었다. 그는 나를 출국장 앞에 내려주었다. 쇼핑한 물건들을 간신히 욱여넣고 캐리어를 닫았을 때 주차를 마친 그가 돌아왔다. 그가 불룩한 캐리어의 배를 툭툭 두들겨보았다.

할아방.

그가 마른 손을 부비며 나를 보았다.

이거 가지실래요?

그의 초승달 눈이 반달이 되었다.

테왁을요? 공연에 쓰는 건데…….

나는 가만히 고개를 끄덕였다.

그렇긴 한데 가방도 꽉 찼고. 또 집에 몇 개 더 있기도
하고.

그렇습니까? 그럼 다음에 다시 꼭 오세요. 그때까지만 맡
아 두겠습니다.

그가 테왁을 받아 안았다. 그의 가슴께에서 테왁이 숨을
따라 오르내렸다. 숨비소리 같은 그의 숨이 호이 호이. 나도
모르게 춤 추듯 발끝이 올라갔다.

*

이야기를 끝낸 고유진이 다시 옷고름을 만지작거렸다. 끊어진 꽃무
늬 고름이었다. 나는 고개를 끄덕였다. 그녀가 희미하게 웃었다. 그래
서 오키나와 해녀춤엔 테왁이 없어요. 그녀가 잔을 들었다. 얼음은 다
녹고 없었다. 그녀는 묽어진 아이스티를 조금씩 나눠 마셨다. 컵 표면
에 맺혀 있던 물방울이 꽃고름 위로 툭 떨어졌다. 꽃고름 위로 물자국
이 번졌다.

영국의 저널리스트인 필립 나이틀리는 저서 『최초의 희생

자』에서 이렇게 말했다.

전장에서 최초의 희생자는 병사가 아니라 진실이다.

작가의 말

고1 때 첫 소설을 썼다
동성애 비슷한 이야기였다
소설을 읽은 국어 선생님이 한숨을 쉬었다
소설은 그해 겨울, 교지에 실렸다
파격적 소재였음을 이제 안다
가라던 국문과는 가지 않았지만
먼 길을 돌아 다시 소설을 쓰고 있다
관대했던 국어 선생님께 감사드린다

아버지는 젊어 한 여자를 좋아했다
사모의 마음을 시로 써 두었다
시집온 어머니가 시와 여자의 사진을 찢어버렸다
아버지는 말없이 조각들을 주워 주머니에 넣었다
늙은 어머니는 더는 시기하지 않는다
아버지의 시심(詩心)만이 온전히 내게 남았다
나는 그 시심(詩心)을 깊이 사랑한다

한때 사랑을 했고 지금은 끝났다
J 공항에서 헤어지며 소설을 쓰겠다고 말했다
일년 후 문자가 왔다 내 소설을 읽었다고
답장하지 않았다 대신 술을 마셨다

소설을 쓰는 자리가 있다
바다가 보이는 오래된 도서관
노트북 44번 책상
불길한 숫자지만 이 자리에서 등단작을 썼다
그 무엇도 약속할 수 없다
계속 쓰겠다

파괴의 신 시바의 아들,
몸은 인간 머리는 코끼리
지혜와 예술의 신
나의 수호신
―가네샤에게
Om Gam Ganapatiye Namaha

수록작품 발표지면

쥐 (2016 국제신문 신춘문예 당선작)

명상의 시간 (월간 『한국소설』 2016 7월호, 2017 『신예작가』)

볼리비아 우표 (제24회 신라문학대상 당선작)

스위치 (계간 『동리목월』 2013 봄호)

어둠에 묻힌 밤 (격간 『소설 21세기』 2018 겨울호)

편서풍 (계간 『동리목월』 2017 봄호)

오키나와 데이트 (격간 『소설 21세기』 2018 여름호)